햄릿

햄릿
Hamlet

윌리엄 셰익스피어 희곡 박우수 옮김

HAMLET
by WILLIAM SHAKESPEARE (1601)

이 책은 실로 꿰매어 제본하는 정통적인 사철 방식으로 만들어졌습니다.
사철 방식으로 제본된 책은 오랫동안 보관해도 손상되지 않습니다.

등장인물

햄릿 덴마크의 왕자
유령 덴마크의 전왕, 햄릿의 아버지
거트루드 덴마크의 왕비, 햄릿의 어머니
클로디우스 덴마크의 국왕, 햄릿의 숙부

폴로니우스 국왕의 고문
오필리아 폴로니우스의 딸
레어티즈 폴로니우스의 아들
레이날도 폴로니우스의 하인

호레이쇼 햄릿의 친구
로젠크란츠, 길던스턴 햄릿의 동창생

마셀러스, 프란시스코, 버나도 왕의 호위병들

볼티먼드, 코넬리우스 노르웨이에 파견된 덴마크의 사신들

제1배우 엘시노어를 방문한 유랑 극단의 수석 배우
해설자 극 중 무언극 「곤자고 살인」의 설명 역
공작 배우 무언극의 공작
공작 부인 배우 무언극의 공작 부인
루시아누스 무언극의 살인자

포틴브라스 늙은 노르웨이 왕의 조카
대장 폴란드를 침공하는 노르웨이군의 대장
군인들 그의 군인들

광대1 무덤 파는 일꾼
광대2 그의 조수
신부 오필리아의 장례식 집전

오스릭 햄릿과 레어티즈의 검술 시합 계획 전달 및 심판

영국 대사들, 대신들, 귀부인들, 시종들

장면

엘시노어에 있는 덴마크의 왕궁, 기타

제1막

제1장

두 명의 파수병, 버나도와 프란시스코 등장.

버나도 거기 누구냐?

프란시스코 아니, 먼저 암호를 대라. 멈추고 신분을 밝혀라.

버나도 왕이시여, 만수무강하소서!

프란시스코 버나도 님이신가요?

버나도 그렇다네.   5

프란시스코 제시간에 맞춰 마침 오셨군요.

버나도 이제 방금 자정을 쳤네. 잠자리에 들게나, 프란시스코.

프란시스코 교대해 주셔서 고맙습니다. 지독하게 춥습니다.

　심장이 얼어붙을 정도예요.

버나도 망보는 동안 이상 없었나?   10

프란시스코 쥐새끼 한 마리 얼씬도 안 했습니다.

버나도 그럼 잘 자게. 나와 함께 망을 서기로 되어 있는

    호레이쇼와 마셀러스를 만나거든

    서두르라 일러 주게.

프란시스코   마침 오시는 것 같군요.

        호레이쇼와 마셀러스 등장.

               어이, 멈춰라! 거기 누구냐?   15

호레이쇼   이 나라의 친구들.

마셀러스   그리고 덴마크 왕의 신하들.

프란시스코   밤새 평안하시길.

마셀러스   자, 잘 자게 친구. 그런데 자네는 누구와 교대했나?

프란시스코   버나도 님입니다. 그럼, 밤새 안녕히 계십시오.

                             (퇴장)

마셀러스   여보게, 버나도, 거기 있는가?   20

버나도   어이, 거기 호레이쇼인가?

호레이쇼   그의 일부일세.[1]

버나도   잘 왔네, 호레이쇼. 잘 왔어, 마셀러스.

호레이쇼   그래, 이놈의 유령이 오늘 밤에도 나타났는가?

버나도   아무것도 보지 못했네.   25

마셀러스   호레이쇼 말로는 우리가 헛것을 본 거라는군.

    우리가 두 번이나 이 끔찍한 것을 보았대도

    도대체 믿으려 하지를 않아.

---

1 컴컴한 밤이라 목소리만 들리고 신체의 일부만 보이기 때문에 이렇게 표현한 것이다.

그래서 내가 오늘 밤 한순간도 놓치지 않도록

우리와 함께 야경을 서자고 그에게 부탁을 했네.   30

만약 이놈의 유령이 다시 나타나면

우리가 본 것을 증명하고 그 유령에게 말을 걸도록 말일세.

호레이쇼 쳇, 안 나타난다니까 그러네.

버나도   자, 앉지.

우리가 이틀 밤이나 연달아 본 것을

도대체 곧이들으려 하지 않는 자네의   35

그 먹통 같은 귀에 다시 얘기해 주겠네.

호레이쇼   그래, 다들 앉아서

버나도의 유령 이야기를 들어 보세.

버나도 바로 지난밤에

북극성 서쪽에 있는 저 별이

지금 빛나고 있는 하늘의 저편으로   40

옮아갔던 바로 그때,

시계는 1시를 치고 있었는데 ─

유령 등장.

마셀러스 쉿, 조용히. 저기 보게, 다시 나타났어!

버나도 돌아가신 선왕의 모습과 완전히 똑같군.

마셀러스 호레이쇼, 자네가 유식하니[2] 말을 걸어 보게나.   45

2 호레이쇼는 라틴어를 배운 학자이기 때문이다.

버나도 선왕의 모습 그대로 아닌가?

호레이쇼 흡사하네. 놀랍고 두려워 소름이 끼치는군.

버나도 말을 걸어 주었으면 하는 것 같아.

마셀러스   자네가 물어보게나. 50

호레이쇼 그대는 누구이기에 이 야심한 시간을 훔쳐

  덴마크의 돌아가신 선왕이 살아생전에

  이따금씩 입으셨던 전투 복장 차림으로 나타났는가?

  하늘에 맹세코 명령하노니 대답하라!

마셀러스 기분이 상한 것 같군.

버나도   보게. 슬금슬금 사라지는데.

호레이쇼 멈춰라. 말하라, 말해. 명하노니 말을 하라. 55

                                                        (유령 퇴장)

마셀러스 가버렸군. 대답도 하려 하지 않고.

버나도 어떤가, 호레이쇼?

  부들부들 떠는 데다 얼굴빛은 창백해졌군그래.

  이래도 우리가 헛것을 본 것인가? 자네 생각을 말해 보게. 60

호레이쇼 하느님에게 맹세코

  이 두 눈으로 확실하게 보지 않았다면

  결코 믿지 못할 일이군.

마셀러스   선왕의 모습을 닮지 않았나?

호레이쇼 자네가 자네를 닮았듯이 빼다 박았어.

  야심에 찬 노르웨이 군대와 맞서 싸울 때 65

  선왕께서 입으셨던 바로 그 갑옷이었네.

  언젠가 담판 중에 화가 나서 썰매 위의 폴란드인들을

얼음판에 짓이기며 이마를 잔뜩 찡그리시던

바로 그 모습이었네. 알 수 없는 일이군.

마셀러스　전에도 두 번이나 쥐 죽은 듯 고요한 이 한밤중에

출전하는 병사 같은 걸음걸이로 파수를 뚫고 빠져나갔네.

호레이쇼　딱히 어떻게 해석해야 할지 모르겠지만,　　　　　70

내 생각을 대충 말하자면

이것은 국가의 변고를 알리는 조짐 같네.

마셀러스　자, 앉아서 누구 아는 사람이 내게 설명 좀 해주게,

왜 밤마다 이 땅의 백성들이 이렇게

더할 나위 없이 엄중한 파수를 보느라 생고생을 하고,　　　75

청동 대포를 주조하느라 매일같이 혈세를 바치는지,

왜 이 나라는 전쟁 무기를 사들이느라 외국과 교역을 하며,

조선공을 징집하여 일요일도 쉬지 못하게

노역을 시키는지 말이야.

도대체 무슨 일이 있기에 밤이 낮과 맞닿도록　　　　　80

다들 이렇게 쉬지 않고 진땀들을 빼고 있는지,

누구 그 영문을 아는 이 없는가?

호레이쇼　　　　　　　　　　내가 말해 주겠네.

어쨌든 떠도는 소문은 이렇다네. 자네들도 알다시피,

노르웨이의 왕 포틴브라스가

시기에 찬 야심으로 당돌하게 전쟁을 일으켰을 때　　　　85

우리의 용감하신 햄릿 선왕께서는

(이쪽 주변국들 사이에선 용맹한 분으로 소문이 자자했었지)

이 포틴브라스 왕을 살해하셨네.

포틴브라스 왕은 기사의 명예와 법도를 건 협정에서
자신의 목숨과 더불어 자신이 소유한 온 영토를   90
승자에게 양도하기로 약속한 바 있었지.
우리의 선왕께서도
여기에 상응하는 몫을 거셨다네.
만약 선왕께서 패하셨다면
그것은 포틴브라스의 몫으로 돌아갈 뻔했지.   95
그러나 그 조약의 조문에 따라서
포틴브라스의 땅은 햄릿 왕의 몫이 되었다네.
그런데 혈기왕성하고 아직 철없는 젊은 포틴브라스가
뭔가 음흉한 일을 저지르기 위해
노르웨이 변방 이곳저곳에서   100
전쟁의 밑천이자 먹잇감으로 삼을
불한당 녀석들을 긁어모았다는군.
그 음흉한 일이란 다름이 아니라
우리의 조정에서도 잘 알고 있듯이
앞서 말한, 자신의 부친이 잃은 땅을   105
우리에게서 무력과 강제로 되찾는 것이라네.
내가 알기에, 우리가 이렇게 망을 서고
온 나라가 서둘러 소란스럽게 번잡을 떠는
으뜸가는 이유는
바로 이것이라네.   110

버나도   내 생각도 다르지 않네. 이 불길한 유령이
이들 전쟁의 원인이었고, 지금도 그러한

선왕의 갑옷 차림으로 파수를 뚫고 나타나는 데는

그런 이유가 있는 것 같군.

호레이쇼 이는 우리 마음의 눈을 괴롭히는 티끌과 같네.   115

로마가 최고조의 번영을 누리던 때

더없이 강력하던 시저가 살해되기 직전에

무덤에서는 시체가 튀어나오고

수의를 두른 시신들은 큰 소리로 꽥꽥거리며

거리를 활보했다네.   120

별들은 불꼬리를 지니고 피 이슬을 머금었으며

태양에도 재앙이 일었고,

해신 넵튠의 제국을 다스리는 물먹은 달님은

종말의 때를 만난 것처럼 월식에 휩싸였지.

마찬가지로 닥쳐올 흉조의 서곡이자 재앙의 전령,   125

끔찍한 사건들의 전조를

천지가 합작해서 우리 백성들에게

미리 보여 주고 있는 것이네.

유령 등장.

그런데 가만, 저길 보게! 또다시 나타났어.

박살이 날지언정 막아서야겠어. (유령이 팔을 펼쳐 보인다)

환영이여, 게 서라!   130

그대가 소리를 낼 수 있거나 목소리를 지녔다면

내게 말해 보아라.

그대에겐 위안이 되고 나에겐 시혜가 되는 일이라면

그게 어떤 것이라도

내게 말해 보아라.   135

그대 조국의 운명을 은밀히 알고 있거든

미리 알아 이를 피할 수 있도록

입을 열어라.

아니면 살아생전에 부정하게 강탈하였거나

땅속 깊이 묻어 놓은 보물이 있는 것이냐?   140

그걸 못 잊어 너희 귀신들은 죽어서도 쏘다닌다 하지 않더냐.

멈춰서 말을 해라, 말을 하란 말이다!   (닭 울음소리)

　　　　　　　　　　　　　　　　　마셀러스, 붙잡게나.

마셀러스　창으로 찌를까?

호레이쇼　멈추지 않거든 찌르게.

버나도　여기다.   145

호레이쇼　여기다.   (유령 퇴장)

마셀러스　사라져 버렸군.

그렇게도 늠름한 모습에 무례했다니 우리의 잘못일세.

공기와 같아서 찌를 곳이 없으니

헛되이 허공을 가른 우리의 칼질은   150

악의에 찬 조롱거리가 되었네.

버나도　막 말을 하려던 참에 새벽닭이 울었어.

호레이쇼　그러자 사라져 버렸지.

겁나는 소환장을 받은 죄인처럼 말이야.

새벽이 오고 있음을 알리는 수탉이   155

낭랑한 목소리로 일찍 해님을 깨우면

그 울음소리에 땅이든 공중이든 물속이든 불속이든

바깥세상을 유랑하던 귀신들은

자기들이 갇힌 곳으로 바삐 돌아간다고 들었네.

이 말이 사실이라는 것을   160

조금 전 유령이 증명한 셈이군.

마셀러스 닭이 울자 사라져 버렸어.

성탄절이 가까워져

새벽을 알리는 닭이 밤새워 울면

귀신들은 감히 돌아다니지 못한다고들 하더군.   165

그때는 밤 시간도 성스러워

유성도 충돌하지 않고

요정이나 마녀들도 마술을 부릴 수 없어

참으로 거룩하고 복된 시절이라 하더군.

호레이쇼 나도 그렇다고 들어서 일부는 사실이라 믿고 있네.   170

저길 보게나. 붉은 망토를 입은 해님이

저 너머 높은 산봉우리의 이슬을 털고 걸어오고 있어.

이제 파수를 끝내고 우리가 간밤에 본 것을

젊은 햄릿 왕자께 알려 드리세.

맹세컨대, 우리에게는 입을 열지 않았던 이 유령도   175

그분께는 말을 할 걸세.

이 일을 알려 드리는 것이 우리의 의무에도 걸맞고

그분에 대한 사랑에 필요한 일이라 믿네. 다들 동의하는가?

마셀러스 그렇게 하지. 오늘 아침 그분이 계실 곳을

내가 알고 있네.　　　　　　　　　　　　　(퇴장)　180

제2장

나팔 소리. 덴마크의 왕 클로디우스, 왕비 거트루드,
볼티먼드와 코넬리우스를 포함한 대신들,
폴로니우스와 그의 아들 레어티즈,
검은 상복을 입은 햄릿이 다른 사람들과 함께 등장.

왕　형님이신 햄릿 선왕께서 돌아가신 기억이 아직 선한 마당에
　　짐의 마음에 슬픔을 품고, 온 백성들도 모두 찌푸린 이마로
　　슬픔을 표하는 것이 합당하겠지만
　　분별 있는 행동이란 인정을 억누르는 것이기에
　　짐은 선왕을 슬퍼하면서도 현명하게　　　　　　　　　　5
　　짐의 처지에서 국사를 생각해 왔소.
　　따라서 한때의 형수이자 이제는 짐의 왕비,
　　전쟁을 앞둔 이 나라 왕실의 반려자를
　　짐은 말하자면 맥 빠진 기쁨으로
　　한쪽 눈에 웃음을, 다른 쪽 눈엔 눈물을 머금고　　　　10
　　장례식에 기쁨을, 결혼식엔 애도를 간직하며
　　기쁨과 슬픔의 무게를 평평하게 유지한 채
　　왕비로 맞아들였소. 과인은 또한
　　이번 결혼에 관대하게 동의해 준

경들의 현명한 판단을 따랐던 것이오.   15
모든 이들께 감사를 드리는 바이오.
다음으로 전할 말은, 경들도 알다시피 젊은 포틴브라스가
짐의 국력을 얕잡아 보았거나
아니면 형님이신 선왕의 서거로 인해
짐의 왕국이 무질서한 혼란에 빠졌다고 오판하고서   20
이 기회를 이용해 보겠다는 망상에서
그의 부친이 법률 계약에 따라
더할 나위 없이 용맹스러운 형님께 빼앗긴
영토를 넘겨 달라는 전갈을 보내
짐을 괴롭히고 있소. 그 이야기는 이쯤 하고   25
이제 이번 회의를 소집한 이유를 말하겠소.
그것은 다름 아니라 이것이오.
짐은 제 조카의 속마음도 거의 알지 못한 채
무기력하게 침대에 누워 있는 늙은 노르웨이 왕에게
젊은 포틴브라스가 자신의 백성들 가운데   30
군사를 모으고 징집을 하고
지원 부대를 모으는 일을 중단시켜
일을 더 이상 크게 벌이지 말게 해달라는
국서를 써놓았소.
그대 훌륭한 코넬리우스 경과 그대 볼티먼드 경을   35
늙은 노르웨이 왕에게 보낼 국서의 전달자로 급파하니
이 안에 구체적으로 명시된 한계 내에서
전권을 갖고 그곳 국왕과 협상을 벌이시오.

서둘러 떠나 임무를 완수하도록 하시오.

코넬리우스, 볼티먼드　이 모든 일에 신명을 다 바칠 것입니다.　　40

왕　여부 있겠소. 잘 다녀오시오.

(코넬리우스와 볼티먼드 퇴장)

그럼 이제, 레어티즈, 너의 용건은 무엇이지?

내게 청이 있다고 했는데 말해 보아라.

덴마크 왕이 합당한 부탁을 거절하는 일은

없을 것이다, 레어티즈.　　45

너의 바람이라면 너의 간청 없이도

짐이 기꺼이 주고 싶은 선물 아닌 것이 무엇이겠느냐?

덴마크 왕좌와 그대 부친 사이는 머리와 심장보다 가깝고

입을 먹이는 손보다 유용하니라.

그래, 청이 무엇인고?

레어티즈　　　　　　폐하,　　50

다시 프랑스로 돌아갈 수 있도록 윤허해 주십시오.

폐하의 대관식에 참석하기 위해

프랑스에서 기꺼이 덴마크로 돌아왔지만,

이제 말씀드리건대 대관식 참석도 끝났고

제 생각과 소망은 다시 프랑스를 향하고 있사오니　　55

너그러이 윤허하여 주시옵소서.

왕　부친의 허락은 얻었느냐? 폴로니우스 경의 뜻은 어떤가?

폴로니우스　폐하, 하도 조르는 바람에

뜻대로 하도록 저도 어렵사리 허락을 했으니

아들놈이 떠나도록 폐하께서도　　60

윤허해 주시기를 간청드립니다.

왕 레어티즈, 마음껏 청춘을 즐겨라.

원하는 대로 너의 재능을 발휘하여라.

자, 그럼 이번엔 나의 조카이자 나의 아들인 햄릿 —

햄릿 친척 이상이지만 친척만도 못하죠.   65

왕 어인 일로 얼굴에 이리 먹구름이 가득한고?

햄릿 아닙니다, 폐하. 너무나 햇빛을 많이 받고 있습니다.

왕비 착한 햄릿, 너의 어두운 수심을 던져 버리고

덴마크 왕을 친구처럼 다정하게 바라보아라.

항상 눈꺼풀을 내리깔고   70

흙속에 들어간 너의 아버지를 찾지 말아라.

너도 알고 있듯이 누구든 삶은 끝나고

지상에서 영원으로 넘어가는 법이란다.

햄릿 맞습니다. 그런 법이지요, 마마.

왕비   그렇다면,

너에겐 죽음이 왜 그리도 특별해 보인단 말이냐?   75

햄릿 마마, 보인다뇨? 실제로 그러합니다.

저는 〈보인다〉는 말을 모릅니다.

어머니, 저의 이 검은 겉옷도, 시커먼 상복도,

억제할 수 없는 한숨도, 눈에 흐르는 강물 같은 눈물도,

낙담한 얼굴 모습도, 슬픔의 모든 형식과 자태와 외양도   80

저의 진심을 나타낼 수는 없습니다.

이것들은 진정 겉으로 보이는 것이지요.

이것들은 사람들이 하는 연기이니까요.

그렇지만 저는 겉으로 보일 수 없는 것을

마음속에 지니고 있습니다.   85

이것들은 슬픔의 장식이자 의복에 불과한 것들입니다.

왕 햄릿, 돌아가신 아버지를 위해 슬픔을 표하는 것은

너의 천성이 착함을 보여 주는 행동이며 칭찬받을 일이다.

하지만 이걸 생각해야 한다. 너의 부친도 부친을 잃었고,

돌아가신 너의 증조부 역시 부친을 잃었음을.   90

살아남은 자가 얼마 동안 슬픔의 예를 표하는 것은

효의 도리에 합당한 일이나

계속 애도를 고집하는 일은

고집스러운 불효의 길이란다.

그러니 슬픔을 거두어라. 그것은 하늘에 잘못하는 일이고,   95

유약한 마음과 진중하지 못한 정신의 소치이며

어리석고 절제를 모르는 이성의 산물이니라.

불가항력이며 다반사인 일임을 뻔히 알고 있는 판에

고집을 피워 이치를 저버리고

마음 아파할 이유가 무엇이란 말이냐?   100

쓸데없는 짓! 그것은 죽은 자에게도 잘못하는 것이며,

천성에 반하는 것이요,

가장 확실하게는 상식에서도 벗어나는 것이다.

세상 사람치고 죽지 않고 사는 사람 있다더냐.

세상에서 처음으로 죽은 자로부터[3]   105

---

3 카인에 의해서 죽임을 당한 아벨을 가리킨다. 「창세기」 4장 8절 참조.

바로 오늘 죽은 자에 이르기까지

다들 생자필멸의 법칙을 따르는 법.

그러니 이 무익한 슬픔을 땅에 던져 버리고[4]

짐을 아비라 여겨 다오.

그래서 그대가 왕권을 이을 태자임을   110

세상 사람들이 알게 해다오.

친아비가 제 자식에게 보이는 고귀한 사랑을

짐도 그대에게 똑같이 베푸노라.

비텐베르크[5]로 돌아가려는 너의 뜻은

짐의 소망을 저버리는 것이다.   115

그러니 여기 남아서 짐의 기쁨이자 위안이 되고

으뜸가는 조신이자 조카인 동시에 아들이 되어 다오.

왕비 햄릿, 어미의 소원을 들어 다오.

비텐베르크로 가지 말고 이곳에 함께 있어 다오.

햄릿 어머니, 온 힘을 다해 어머니의 뜻을 따르겠사옵니다.   120

왕 그래야지. 그것 참 듣기 좋은 대답이구나.

덴마크에서 짐처럼 지내라. 자 들어갑시다, 부인.

세자가 스스로 머물러 있겠다고 하니

짐의 마음이 한량없이 기쁘오.

그러니 고마움의 표시로 짐이 오늘 축배를 들 때마다   125

구름 너머로 대포를 쏘아

---

4 레슬링 경기에서 상대방을 땅에 먼저 거꾸러뜨리는 사람이 승리하듯, 슬픔을
땅에 팽개쳐 이겨 내라는 의미다.

5 독일의 지명. 본문에서는 마르틴 루터가 재직했던 대학을 가리킨다.

왕의 축연에 하늘도 응답하여
천지가 요동치게 하겠소. 자, 갑시다.

(햄릿만 남고 모두 퇴장)

햄릿 아, 이 괴롭고 더러운 육신이
남김없이 무르녹아 이슬이 되어 버렸으면.   130
아니면 조물주가 자살을 금하는 법을
정하지나 않았었더라면 좋았을 것을.
아, 하느님, 하느님! 이 세상만사가 나에게는
한없이 따분하고 싱겁고 무의미하고 무익할 뿐이구나!
염병할, 염병할, 세상은 잡초투성이 정원.   135
잡초가 자라 열매를 맺는구나.
고약하고 무성한 것들이 온 세상을 뒤덮고 있구나.
이 지경이 되다니!
돌아가신 지 두 달 — 아니지, 두 달도 못 되어 —
더없이 훌륭한 왕이셨지. 금수 같은 이자에 견주자면   140
태양신 히페리온 같으셨지.
어머니를 끔찍이도 사랑하시어
거친 바람이 어머니 얼굴을 스치는 것도 허락지 않으셨지.
아, 천지신명이여, 기억을 해야 하리까?
맛볼수록 애정이 자라나기라도 하듯   145
아버지께 매달리던 어머니가 한 달도 채 못 되어서 —
생각을 말아야지. 연약함이여, 그대의 이름은 여자이구나.
한 달도 못 되어, 아니, 니오베[6]처럼 온통 눈물범벅이 되어
아버지의 시체를 뒤따를 때 신었던 신발이

채 닳기도 전에, 바로 그 어머니가 ―   150
아, 하느님, 말 못하는 짐승도 그보다는 더 오래
슬퍼했을 겁니다 ― 숙부와 결혼을 하다니.
내가 헤라클레스를 닮지 않았듯이, 아버지의 동생이지만
아버지와 딴판인 사람과. 한 달도 채 못 되어
더없이 부정한 눈물의 소금기가 쓰라린 눈가에 붉은 기운
    을 남기기도 전에   155
어머니가 결혼을 하다니. 얼마나 재빠른 사악함인가!
음란한 이부자리로 그렇게도 능란하게 뛰어들다니!
이건 좋지 못한 일, 그 결과가 좋을 리 없지.
그런데도 입을 다물어야만 하다니, 내 심장이 터지는구나.

          호레이쇼, 마셀러스, 버나도 등장.

호레이쇼 왕자님, 아침 문안 드립니다.
햄릿   반갑네. 어서들 오게.   160
  아니, 호레이쇼가 아닌가?
호레이쇼 맞습니다, 왕자님. 왕자님의 영원한 충복이지요.
햄릿 여보게, 친구, 충복이라니 당치 않은 말일세.
  무슨 일로 비텐베르크에서 이곳까지 왔는가, 호레이쇼?
  그리고 마셀러스.   165
마셀러스 왕자님.

6 자식들을 모두 잃고 울다 분수가 되었다는 신화 속의 여인.

햄릿 만나서 반갑네.   (버나도에게)

안녕하신가?

다들 엘시노어에는 무슨 일인가?

호레이쇼 왕자님, 방랑기가 생겨서 왔습니다.

햄릿 자네의 적이 그렇게 말한다 해도 곧이듣지 않겠네.   170

하물며 자네 입에서 자네를 비하하는 말이 나오는 걸

내 귀로 하여금 믿게 하란 말인가?

자네는 그렇게 싸돌아다닐 위인이 못 되네.

정녕 엘시노어에는 무슨 볼일이 있어 왔는가?

이곳을 떠나기 전에 술독에 빠질까 봐 걱정이네.   175

호레이쇼 왕자님, 선왕의 장례식을 보러 왔습니다.

햄릿 여보게, 동창생, 제발 나를 조롱하지 말게나.

내 어머니의 결혼식을 보러 왔겠지.

호레이쇼 사실 바로 뒤이어 결혼식이 있긴 있었지요.

햄릿 호레이쇼, 그게 절약, 절약이라는 거라네.   180

장례식 때 마련한 음식들이 식은 채로

결혼식 하객들 식탁에 나왔지. 여보게, 그 꼴을 보느니

차라리 천국에서 철천지원수를 만나는 편이 좋았을 거야.

아, 아버지, 아버지, 아버지를 뵙고 있는 것 같군.

호레이쇼 어떻게요, 왕자님?

햄릿   내 마음의 눈으로, 호레이쇼.   185

호레이쇼 저도 한 번 뵈었는데 훌륭한 왕이셨지요.

햄릿 어느 모로 보나 남자다운 분이셨지.

다시는 그런 분을 뵙지 못할 것 같네.

호레이쇼 왕자님, 지난밤에 그분을 뵌 것 같습니다.

햄릿 뵙다니, 누구를 말인가?

호레이쇼   부친이신 선왕 말씀입니다.   190

햄릿 자네 지금 나의 아버지 선왕이라고 했나?

호레이쇼 잠시 진정하시고

여기 이 친구들도 직접 목격한

이 놀라운 일을 다 말씀드릴 때까지

귀를 기울여 주십시오.

햄릿   제발 어서 들려주게나!   195

호레이쇼 이틀 밤이나 계속해서

마셀러스와 버나도 이 두 친구가 파수를 보다가

쥐 죽은 듯 고요한 한밤중에

머리에서 발끝까지 왕자님 부친과 똑같이 무장을 한 인물과

바로 마주하게 되었답니다.   200

그 인물은 그들의 겁에 질린 눈앞을

세 차례나 지척에서 지나갔지요.

겁에 질려 우뭇가사리처럼 흐물흐물해진 그들은

선 채로 벙어리가 되어 말을 걸지도 못했답니다.

이 사실을 그들은 무서워 떨며   205

비밀리에 저에게 전하고

저는 세 번째 되는 날 밤에 그들과 함께 보초를 섭니다.

그들이 말했던 모습과 무엇 하나 다를 바 없이

그때 그곳에 그 유령이 나타납니다.

제가 왕자님의 부친을 알기에 드리는 말씀입니다만   210

저의 이 두 손도 그처럼

서로 닮지는 못할 것입니다.[7]

햄릿   그게 어디였나?

마셀러스 저희들이 파수를 보던 망루에서였습니다.

햄릿 그래, 말을 걸어 보지 않았나?

호레이쇼   말을 걸어 보았습니다만

아무 대답도 하지 않았습니다.   215

그렇지만 제 생각에, 한번은 말을 하려는 듯

고개를 드는 시늉을 했는데

그 순간 마침 새벽닭이 크게 홰를 치는 바람에

유령은 황급히 서둘러 몸을 추스르고는

저희들의 시야에서 사라지고 말았습니다.

햄릿   참 기이한 일이군. 220

호레이쇼 왕자님, 이는 제가 살아 있는 것처럼 사실입니다.

왕자님께 이 일을 알려 드리는 것이

저희들의 도리라고 생각했습니다.

햄릿 그랬군. 여보게들, 이 얘기를 들으니 마음이 심란하네.

자네들은 오늘 밤에도 파수를 서나?

일동   예, 왕자님. 225

햄릿 자네들 말이, 무장을 했다고 했는가?

일동   그렇습니다.

햄릿 머리부터 발끝까지라고?

7 극적인 현장감을 살리기 위해 호레이쇼는 자신에 대한 동사 대부분을 현재형
으로 사용하고 있다.

30

일동   맞습니다.

햄릿 그렇다면 그분의 얼굴은 보지 못했겠군?

호레이쇼 뵈었습니다. 투구 가리개를 올리고 계셨습니다.

햄릿 어떤 모습이시던가, 찡그리셨던가?   230

호레이쇼 분노보다는 슬픔으로 가득 찬 얼굴이셨습니다.

햄릿 창백하시던가, 붉으시던가?

호레이쇼 매우 창백했습니다.

햄릿   자네를 똑바로 보시던가?

호레이쇼 뚫어져라 보셨습니다.

햄릿   내가 있었으면 좋았을 것을.

호레이쇼 그랬다면 무척 놀라셨을 겁니다.

햄릿   틀림없이 그랬겠지.   235

오랫동안 머무르셨나?

호레이쇼 보통 속도로 1백까지 셀 동안이었습니다.

마셀러스, 버나도 아니, 더 오래였습니다, 더 오래요.

호레이쇼 제가 봤을 땐 아닙니다.

햄릿 수염은 반백이었나, 아니면?   240

호레이쇼 생전에 제가 뵈었던 그대로

검은 은빛이었습니다.

햄릿   오늘 저녁엔 나도 망을 서겠네.

아마 다시 나타날지도 모르니까.

호레이쇼   틀림없이 나타날 겁니다.

햄릿 고귀한 아버님의 형상을 하고 나타난다면

지옥이 아가리를 벌린 채 닥치라고 명령할지라도   245

말을 걸어 보겠다. 여보게들,
자네들은 지금껏 그 모습을 비밀로 해왔듯이
여전히 침묵 속에 묻어 주기 바라네.
오늘 밤 다른 무슨 일이 일어나든 간에
알고만 있고 절대로 입 밖에 내지 말게나.   250
자네들의 우정에는 보답을 하겠네.
그럼 다들 안녕히. 밤 11시와 12시 사이에
망루로 자네들을 찾아가겠네.

일동   신명을 바치겠사옵니다.

햄릿 나의 우정도 자네들의 우정이나 마찬가지네. 또 보세.

(햄릿만 남고 모두 퇴장)

무장을 한 아버지의 유령이라! 모든 것이 심상치 않구나.   255
뭔가 더러운 수작이 숨어 있는 것 같아. 빨리 밤이 왔으면!
내 영혼아, 그때까지는 진정해 다오. 온 세상이 억누른대도
사악한 짓들은 사람들 눈에 드러나고 마는 법이지.   (퇴장)

제3장

레어티즈와 그의 누이 오필리아 등장.

레어티즈 필요한 물건들을 모두 배에 실었으니 이제
작별해야겠다. 누이여, 순풍이 불어 배편이 있을 때면
잠들지 말고 편지를 보내

소식을 전해 다오.

오필리아　　　그게 걱정이세요?

레어티즈　햄릿 왕자와 그가 짐짓 보이는 호의에 대해서는　　5
일시적 기분이요, 끓는 피의 장난이라고 생각해라.
청춘의 봄에 피는 제비꽃은 일찍 피지만 금방 시들고,
향기롭지만 오래가지 못하는 법.
한 순간의 향기요 노리개,
그뿐이란다.

오필리아　　그저 그뿐이라고요?

레어티즈　　　　　　　그뿐이라 생각해라.[8]　　10
사람이 커가면 근력과 덩치만 커지는 것이 아니라
육신의 집이 커짐에 따라
마음과 영혼의 활동도 자라는 법이다.
어쩌면 그분도 지금은 너를 사랑하고 있겠지.
지금이야 어떤 오점이나 기만도 그분의 명예로운 의도를　　15
더럽히지 않겠지만, 조심해야 한다.
그 지체 높으심을 고려해 볼 때, 제 뜻대로 못 하시는 분이다.
타고난 신분에 매여 있기에
하찮은 사람들과 달리 그분은
자기 마음대로 선택할 수도 없다.　　20
그분의 선택에 국가의 안녕이 달려 있기 때문이란다.
따라서 그분의 선택은 스스로 머리 되시는

---

8 *Think it no more.* 〈그것에 대해선 더 이상 생각하지 말아라〉라는 해석도 가
능하다.

그 국체의 승인과 동의에 얽매여 있다.

그러니 그분이 너를 사랑한다고 말하더라도

자신의 구체적인 행동과 지위 안에서 25

행동으로 옮겨 보여 주는 것만 믿는 편이

현명한 일일 것이다. 그분의 행동이란 결국

덴마크 사람 모두의 승인에서 벗어날 수 없단다.

그러니 그분의 사랑 노래를 너무 쉽게 믿거나,

지나친 부탁에 순결의 보물을 열어 보이거나, 30

마음을 잃게 되면

너의 명예에 어떤 손상이 가해질지를 심사숙고해야 한다.

사랑하는 오필리아, 그러니 조심, 또 조심해라.

욕정의 위험한 표적이 되지 않도록

사랑의 뒷전으로 물러서라. 35

정숙한 처녀는 달님에게 얼굴을 보이는 것조차

헤픈 일로 여기는 법이다.

미덕의 화신도 비방의 칼날을 피하지는 못한다.

봉우리가 열리기도 전에

진딧물이 봄철 어린 싹들을 해치는 법이고, 40

청춘의 반짝이는 아침 이슬 가운데

꽃샘바람이 불어오는 법이다.

그러니 조심하여라. 조심이 최상의 안전이다.

곁에 누가 있지 않아도 청춘은 스스로를 배신하는 법이다.

오필리아 훌륭한 교훈, 가슴의 파수꾼으로 잘 간직할게요. 45

그러나 오라버니, 간교한 설교자들이 그러하듯이

천국에 이르는 가파른 가시밭길을 보여 주면서

정작 본인은 자신의 가르침을 망각하고는

거만하고 태평한 방탕아처럼

마음껏 환락의 꽃길을 가며 자신의 충고는 괘념치 않는,　　　50

그런 사람이 되지는 마세요.

레어티즈　　　　　　　　　그래, 내 걱정은 마라.

이거 너무 오래 지체했구나.

폴로니우스 등장.

아버지가 오시는군.

두 번의 하직 인사로 은총을 두 배로 더하게 되었습니다.

때맞춰 두 번째 하직 인사를 올립니다.

폴로니우스　레어티즈, 아직도 안 떠난 거냐?　　　55

뭘 꾸물거리고 있느냐, 어서 승선하지 않고.

올린 돛이 한 폭 가득 순풍을 안고

너를 기다리고 있다. 자, 나의 축복을 가져가거라.

그리고 몇 마디 충고를 기억 속에 새겨 두어라.

속마음을 입 밖으로 뱉어 내지 말 것이며,　　　60

무모한 생각을 실행에 옮겨서는 안 된다.

친밀하게 굴되, 속되게 놀아서는 안 된다.

겪어 보고 사귈 만한 친구들은

쇠고리를 채워서라도 붙들어 두어라.

머리에 피도 마르지 않은 풋내기들과 악수하느라　　　65

손바닥에 굳은살이 박여서는 안 된다.

싸움에 끼어들지 말고, 일단 끼어들면

상대방이 너를 똑똑히 알도록 혼쭐을 내줘라.

모든 사람들에게 귀를 기울이되, 네 말은 적게 해라.

다른 사람들의 의견을 받아들이되, 네 생각은 말하지 마라.   70

주머니 사정이 허락하는 한 옷에 돈을 아끼지 마라.

요란한 치장은 피해라. 명품은 좋지만 화려해서는 못쓴다.

옷이 그 사람의 인품을 나타내는 법이라,

지체 높고 신분 있는 프랑스 귀족들은

조화롭게 옷을 골라 입는 데 유달리 뛰어나단다.   75

돈은 빌리지도 말고 꿔주지도 마라.

돈을 꿔주면 친구도 잃고 돈도 잃는 법이며

돈을 빌리다 보면 절약의 칼날이 무뎌진다.

무엇보다 자신에 충실해라. 그러면 밤이 낮을 따르듯

너 자신뿐 아니라 다른 누구에게도 그릇됨이 없을 것이다.   80

자, 아비의 축복과 더불어 이 말을 명심하고 이제 가거라.

레어티즈   그럼, 소자 물러갑니다.

폴로니우스   시간 없다. 하인들이 기다리고 있다.

레어티즈   잘 있어라, 오필리아.

내 말을 명심해라.

오필리아   이미 마음에 자물쇠를 채워 놓았어요.   85

열쇠는 오라버니가 맡아 두세요.

레어티즈   그럼 안녕히.   (퇴장)

폴로니우스   오필리아, 오라비가 너에게 뭐라고 하더냐?

오필리아 황송하오나, 햄릿 왕자님에 관한 얘기였어요.

폴로니우스 옳지, 마침 잘 말했다.   90

　듣자 하니 요사이 세자가

　너와 은밀한 시간을 보내고 너도 그에게

　기꺼이 많은 주의를 기울이고 있다더구나.

　만일 사실이 그렇다면 ─ 역시 사실이라고

　전하는 사람도 있었기에 주의하라고 하는 말인데 ─   95

　너는 아버지의 명예와

　그 딸의 처지에 걸맞지 않게

　경박하게 처신한 것이다.

오필리아 아버지, 왕자님께선 요사이 저에게

　몇 번이고 사랑의 징표를 보여 주셨습니다.   100

폴로니우스 사랑이라고 했느냐? 아서라.

　그 위태한 상황을 겪어 보지 않은 애송이같이 말하는구나.

　그래, 네가 말하는 그분의 징표들을 믿는단 말이지?

오필리아 어떻게 간주해야 할지 모르겠나이다.

폴로니우스 그래, 똑똑히 들어라. 금화도 아닌 그런 징표를   105

　진짜 돈으로 여기는 너야말로 진짜 갓난애로구나.

　좀 더 신중하고 비싸게 굴어라.

　안 그러면 ─ 이왕 내친 말솜씨니 좀 더 살려 보자면 ─

　너는 이 애비를 등신으로 만들고 말 거다.

오필리아 아버님, 세자께선 점잖은 태도로   110

　저의 사랑을 간구하셨습니다.

폴로니우스 그래, 일시 기분에서겠지. 치워라, 치워.

오필리아 하늘에 대고 온갖 신령한 맹세를 하며
자신의 말이 진실이라고 했습니다.

폴로니우스 그게 곧 얼간이 같은 도요새를 잡는 올가미란다! 115
피가 끓으면 혀는 얼마든지 허튼 맹세를 지껄이는 법,
이 아비가 모를 줄 알았더냐?
애야, 이들 타오르는 열정이란
열기보다는 빛이 더할 뿐인데,
약속을 하는 바로 그 순간에 120
열기도 빛도 모두 꺼져 버리는 것이니
이런 것을 진짜 불이라고 여겨서는 안 된다.
이제부터는 좀 더 조신하게 굴어 뵙는 것을 삼가라.
세자가 청하는 대로 응하지 말고
좀 더 도도하고 비싸게 굴어라. 125
세자 햄릿으로 말하자면, 아직 어린 몸이시지만
너보다는 훨씬 자유롭게 나다닐 수 있는 분이다.
오필리아, 요컨대 그분의 맹세를 믿어서는 안 된다.
맹세란 그 의복과는 다른 색깔을 지닌 중매쟁이며
불결한 옷을 입고 더러운 간청을 해오는 포주란다. 130
성스럽고 진실한 말이 더 잘 속이는 법이란다.
여러 말 할 것 없이 단언하건대,
이제부터는 한가한 시간의 한순간이라도
햄릿 왕자와 약속을 하거나 얘기를 주고받는 것을
허락하지 않겠다. 내 말을 명심해라. 135
그럼 가봐라.

오필리아 분부대로 하겠습니다, 아버지.   (퇴장)

제4장

햄릿, 호레이쇼, 마셀러스 등장.

햄릿 밤공기가 지독히도 살을 에는구나.

  바람이 살을 물어뜯는 것만 같네.

호레이쇼 살을 뜯어 먹는 듯한 차가운 공기입니다.

햄릿 몇 시쯤 됐지?

호레이쇼   아직 자정이 안 된 것 같습니다.

마셀러스 아니, 방금 12시를 쳤네.

호레이쇼   그래? 못 들었는걸.   5

  그렇다면 그 망령이 헤매고 다닐 시간이 거의 다 되었군.

                  (나팔 소리와 두 발의 대포 소리)

  왕자님, 이게 무슨 소리죠?

햄릿 아, 국왕이 오늘 밤 내내 연회를 베풀고,

  부어라 마셔라 하며 야단스럽게 춤추며 놀아나고 있네.

  왕이 라인산 포도주를 단숨에 들이켤 때마다   10

  축배에 맞춰 쇠북과 나팔 소리로

  개가를 알리는 거라네.

호레이쇼   이 나라의 관습입니까?

햄릿 그렇다네. 나는 이 나라 태생이고

이런 풍습 가운데서 자랐지만,

이 따위 풍습은 지키는 것보다 15

없애 버리는 편이 더 명예로울 걸세.

진창 마셔 대는 이 주연 때문에

우리 나라 사람들이 동서 타국으로부터

비난과 비판을 받고 있는 것이네.

우리더러 술고래라 부르고 돼지라 불러 20

우리들의 훌륭한 이름을 망치고 있지.

그 때문에 우리가 아무리 큰 업적을 이뤄도

그 명성의 골수를 앗아 가버린다네.

예컨대 어떤 사람들이 태어나면서부터 지니고 있는

아주 사소한 잘못 때문에 — 자신의 조상을 골라 25

태어날 수 있는 사람은 없는 법이니,

이건 그자들의 잘못도 아니지만 —

그 타고난 기질이 자라나서

종종 이성의 울타리와 성벽을 무너뜨리거나

아니면 어떤 습관 때문에 예의범절에서 벗어나게 되면, 30

이자들은 타고난 것이든 운명의 장난으로 생긴 것이든

그런 결함을 지니게 됨으로써

다른 모든 미덕들이 제아무리

흠결 없이 깨끗하고 한량없이 무한 광대하다 하여도

그 한 가지 성격의 결함 때문에 35

뭇사람들의 평판을 망치고 마는 법이지.

한 방울의 악이 온갖 고매함을 망쳐 버리고

치욕을 가져온다네.

　　　　　　유령 등장.

호레이쇼　　　　　　보세요, 왕자님, 저기 나타났습니다!
햄릿　천사와 은총의 수호자들이여, 우리를 보호하여 주소서!
　그대가 선한 신령이든 저주받은 악귀이든,　　　　　　　　　40
　하늘의 정기를 가져왔든 지옥의 독기를 가져왔든,
　그 의도가 악한 것이든 자비로운 것이든,
　그처럼 이상한 모습으로 나타났기에 내가 말을 걸겠다.
　나는 그대를 햄릿, 왕이자 아버지이자,
　덴마크의 국왕이라 부르겠다. 오, 대답하라!　　　　　　　45
　몽매함 가운데서 내 가슴이 터져 버리지 않도록
　내게 말을 해라.
　어째서 가톨릭 의식대로 장례를 치른 유골이,
　관에 넣은 주검이,
　수의를 찢고 무덤의 육중한 대리석 관 뚜껑을 깨고　　　　50
　이 지상으로 다시 올라왔는가?
　그대 죽은 시체가 다시 온몸에 갑옷을 두르고
　달빛 교교한 이 밤에 나타나 밤을 끔찍이 두렵게 만들고
　우리 영혼이 이해할 수 없는 생각들로
　마음을 무섭게 흔들어 놓아　　　　　　　　　　　　　55
　우리를 반미치광이로 만들어 놓음은 무슨 연고인가?
　말을 하라! 무슨 연유인가? 이게 다 무슨 연고인가?

(유령이 손짓으로 부른다)

호레이쇼 왕자님께만 전할 말이 있다는 듯

어디론가 가자고

손짓하여 부르고 있습니다.

마셀러스   보십시오. 점잖게 손짓하며   60

좀 더 외진 곳으로 왕자님을 부르고 있습니다.

그러나 따라가지 마십시오.

호레이쇼   절대로 가시면 아니 됩니다.

햄릿 말하려 하지 않는구나. 그렇다면 따라가 봐야지.

호레이쇼 가지 마십시오.

햄릿   두려울 게 무언가?

내 목숨은 하나도 아깝지 않다.   65

유령처럼 내 영혼도 불멸이긴 마찬가진데

저것이 내 영혼에 무슨 짓을 할 수 있단 말인가?

앞장서라, 따라가겠다.

호레이쇼 유령이 왕자님을 바다로 유혹해 가거나

아니면 바닷속에서부터 위태롭게 치솟아 있는   70

높고 무시무시한 절벽 꼭대기로 끌고 가서

갑자기 왕자님의 이성을 빼앗아

미치게 만들어 버릴 끔찍한 형상을 띤다면

어떻게 하실 작정이십니까?

생각해 보십시오. 원래 바다 절벽이란 저 아래   75

바닷속을 바라보며 큰 파도 소리를 듣는 이의 마음에

아무 까닭도 없이 죽고 싶은 망상을

심어 놓지 않습니까?

햄릿   여전히 나를 부르고 있군.

앞장서라, 뒤따라가겠다.

호레이쇼 왕자님, 가시면 아니 됩니다.

햄릿   이 손 놓게.   80

마셀러스 고정하십시오.

햄릿   내 운명이 소리쳐 부르며,

내 연약한 핏줄들을 네메아 지방 사자[9]의 힘줄처럼

굳세게 만들고 있네. 여전히 나를 부르는구나.

이보게들, 나를 놓아 주게. 하늘에 맹세코

나를 막는 자는 황천으로 보내 주겠어! 놓으란 말이네!   85

(유령에게) 앞장서라, 따라가겠다.   (유령과 햄릿 퇴장)

호레이쇼 왕자께선 헛것 때문에 분별을 잃으셨구나.

마셀러스 따라가세. 왕자님 분부만 따를 일이 아닌 것 같네.

호레이쇼 그러세. 무슨 일이 생기려고 이러는지.

마셀러스 덴마크라는 나라에는 뭔가 썩은 게 있어.   90

호레이쇼 하늘이 바로잡아 주시겠지.

마셀러스   아닐걸. 따라가 보세.

                               (퇴장)

9 헤라클레스가 살해했다는, 힘이 세기로 유명한 신화 속 사자.

제5장

유령과 햄릿 등장.

햄릿 더 이상은 가지 않겠다. 대체 어디로 끌고 가는 것이냐?

유령 잘 들어라.

햄릿   말해 보라.

유령   유황불이 타고 있는

고통스러운 불길 속으로

돌아가야 할 시간이 거의 다 되었다.

햄릿   아, 가엾은 유령이여.

유령 아니, 나를 동정하지 말고   5

내 이야기를 귀담아들어라.

햄릿   말하라. 들을 준비가 되어 있다.

유령 듣고 나면 복수할 준비도 되어 있게 될 것이다.

햄릿 뭐라고?

유령 나는 네 아비의 혼령이다.

당분간 밤이면 쏘다니고 낮 동안에는   10

타오르는 불길 속에 갇혀 있어야만 하는 운명이다.

이승에서 저지른 더러운 죄악들이

타 없어져 깨끗해질 때까지.

내 감옥의 비밀을 발설하는 것을 금지당하지만 않았다면

내 이야기의 한 단락만 들어도   15

너의 영혼은 갈기갈기 조각나고, 너의 젊은 피는 얼어붙고

너의 두 눈은 궤도를 벗어난 유성처럼 튕겨 나오고
너의 땋아 맨 곱슬머리는 풀어 헤쳐지고
머리카락 한 올 한 올은 성난 멧돼지의 억센 털처럼
곤두서게 될 것이다. 그러나 이 끔찍한 일이　　　　　　20
살과 피를 가진 인간의 귀에 전해져서는 안 된다.
들어라, 들어, 아, 귀담아들으란 말이다!
네가 변함없이 네 아비를 사랑한다면…….

햄릿　아, 하느님!

유령　극악무도하게 살해된 아비의 원수를 갚아 다오.　　　25

햄릿　살인이라고요?

유령　그래, 살인치고 사악하지 않은 살인이 없지만
나의 경우는 가장 사악하고, 인류와 천륜을 저버린 것이다.

햄릿　어서 빨리 알려 주세요.
그래서 명상처럼, 신념처럼 빠른 날개를 달고　　　　　30
복수에만 맹진할 수 있도록 말입니다.

유령　　　　　　　　　　　　　그래야겠지.
그러지 않는다면 레테[10]의 강둑에 태평하게 뿌리 내린
무성한 잡초보다 우둔한 녀석이겠지.
간단히 말해 주마.
내가 정원에서 잠자다가　　　　　　　　　　　　35
뱀에 물려 죽었다는 헛소문에
온 덴마크 사람들이 형편없이 속고 있다.

10 지옥에 있다는 망각의 강.

그러나 고매한 젊은이인 너는 알아 두어라,

네 아비의 심장을 물어뜯은 자가

지금 왕관을 쓰고 있는 바로 그자라는 것을.　　　　40

햄릿　껌새가 이상하더라니. 숙부가, 숙부란 자가!

유령　그렇다. 그 음탕한 간음을 저지른 짐승이

자신의 더러운 색욕을 채우기 위해

마법 같은 꾀와 배신의 선물 공세로

더없이 정결해 보이던　　　　　　　　　　45

나의 왕비를 꼬여 냈다.

아, 사악한 잔꾀와 선물 공세가

그런 유혹의 힘을 가졌다니!

아, 햄릿, 두 손 맞잡은 결혼식의 맹세와

함께했던 나의 사랑을 저버리고　　　　　50

성품이 아무 보잘것없는

그런 악당에게로 가다니

이보다 더한 타락이 있을 수 있단 말이냐!

참된 정조는 음란이 천국의 모습으로 유혹해도

넘어가지 않는 법이듯,　　　　　　　　55

색욕은 반짝이는 천사의 짝이 되어

천상의 침상에서 뒹군다 하여도

쓰레기통을 뒤져 먹는 법이다.

그런데 가만, 새벽 공기 냄새가

나는 것 같구나.　　　　　　　　60

간단히 말하겠다.

내가 여느 때처럼 정원에서 잠을 자는데,
곤히 잠든 이 시간을 틈타
너의 숙부가 병에 담긴 독약을 들고 와서
살갗을 부풀어 오르게 하는 그 액체를   65
나의 귓바퀴 안에다 부어 넣었다.
사람의 혈액과 지독히 상극인 그 독약은
수은처럼 재빨리
온몸의 정맥과 동맥들을 타고 돌아
마치 우유에 식초를 떨어뜨린 것처럼   70
엷고 건강한 피를 엉기게 하고,
나의 부드러운 육신을
온통 딱지와 습진으로 뒤덮었다.
이처럼 나는 잠을 자다가
왕관과 왕비와 목숨과 권위를   75
동생의 손에 한꺼번에 빼앗겼으며
병자 성사도 받지 못한 채
머리에 온갖 죄악의 장부를 뒤집어쓰고
무덤으로 직행했다.
아, 끔찍하구나, 끔찍해! 치가 떨리는구나!   80
너에게 인심이 있다면,
이를 참아서는 안 된다.
덴마크 왕의 침실이 호색과
저주받은 근친상간의 잠자리가 되어서는 안 된다.
그러나 어떤 식으로든 너의 어머니에게   85

악의를 품어서는 안 된다.

어머니는 그저

하늘의 뜻과 양심의 가책에 맡겨 두어라.

이제는 가봐야겠다.

반딧불이 희미해지며 90

기운을 잃는 것을 보니

아침이 가까워 왔나 보다.

아들아, 잘 있어라, 잘 있어라, 잘 있어. 아비를 기억해라.

(퇴장)

햄릿 아, 하늘의 온갖 무리들이여! 아, 땅이여!

또 누구에게 빌까? 그래, 지옥과 한패가 되어야 하나? 95

당신을 기억해 달라고?

그러지, 불쌍한 유령이여,

이제부터 기억의 공책에서

젊었을 때나 다른 때에

내가 주목해 적어 두었던 100

온갖 격언과 자질구레하고 부질없는 생각을 모두 지우고

그대에 대한 기억만이

홀로 자리하게 하리라.

그러지요, 하늘에 맹세코 그러지요!

저주받을 사악한 악당이여! 105

극악한 색마여, 웃음 띤 악당이여!

나의 공책에 — 그래, 이렇게 적어 두는 것이 좋겠다.

미소 짓는, 웃음 띤 악당이

적어도 이 덴마크에는 있을 수 있음을

내가 확신한다고.   (적는다)   110

자, 숙부여, 이제 그대는

내 공책에 기록되어 있다, 내 공책에.

아버지 말씀은 〈잘 있어라, 잘 있어, 아비를 기억하라〉였지.

그래, 이 정도면 됐어. 이미 맹세는 했겠다.

                    호레이쇼와 마셀러스 등장.

호레이쇼   왕자님, 왕자님!   115

마셀러스   햄릿 왕자님!

호레이쇼   하늘이여, 그분을 보호하소서.

햄릿   (방백) 그리하여 주옵소서.

마셀러스   왕자님, 여기요, 어, 어이, 어이![11]

햄릿   새야, 새야, 오너라. 이리로, 이리 오너라.   120

마셀러스   고귀하신 왕자님, 어인 일이십니까?

호레이쇼   무슨 일이십니까, 왕자님?

햄릿   아, 신기한 일일세, 신기한!

호레이쇼   말씀해 주시지요.

햄릿   아니, 안 되지. 자네들이 들으면 발설할 거야.   125

호레이쇼   맹세코 저는 안 그럴 겁니다.

마셀러스   저도 안 그럴 겁니다, 왕자님.

11 매 사냥꾼이 매를 부르는 소리. 햄릿도 이에 맞춰 같은 방식으로 대답한다.

햄릿 듣게 되면 자네들은 뭐라고 할까? 사람의 마음 가진 자
 가 상상이나 했겠나?

 그래, 비밀을 지키겠다고?

호레이쇼, 마셀러스 맹세코 그리하겠습니다, 왕자님.   130

햄릿 온 덴마크에 살고 있는 악당치고

 극악무도하지 않은 자 없네.

호레이쇼 그런 사실을 알려 주기 위해 유령이

 무덤을 뚫고 나올 필요는 없었겠지요.

햄릿   그래, 그 말이 맞네.

 더 이상 에둘러 말할 필요 없이   135

 악수하고 헤어지는 것이 좋겠네.

 각자 볼일과 원하는 바를 따라서.

 누구나 제각기 볼일과 원하는 바가 있기 마련이지.

 그러니 별 볼일 없는 나로서는

 기도나 하러 가야겠네.   140

호레이쇼 참으로 알 수 없는 혼란스러운 말씀이시군요.

햄릿 기분이 상했다면 진심으로 미안하네 —

 이건 정말 진심이네.

호레이쇼   전혀 언짢지 않습니다, 왕자님.

햄릿 아니, 패트릭 성인에 맹세코 언짢은 일이네, 호레이쇼.

 그것도 대단한 죄악일세. 오늘 밤 보았던 망령에 관해서는,   145

 정직한 유령이라는 점만은 내 말해 두겠어.

 유령과 나 사이에 무슨 일이 있었는지 알고 싶겠지만

 가능하면 참아 주게나. 그리고 여보게 친구들,

자네들은 친구이자 학자이며 양반들이니

내 청 하나만 들어주게.   150

호레이쇼   무엇입니까, 왕자님?

햄릿 오늘 밤 목격한 일을 절대 발설하지 말게나.

호레이쇼, 마셀러스 왕자님, 그렇게 하겠습니다.

햄릿 아니야, 맹세를 하게.

호레이쇼 맹세코 발설하지 않겠습니다, 왕자님.

마셀러스 진정 저도 마찬가지입니다.   155

햄릿 내 칼에 대고 맹세하게.

마셀러스 왕자님, 소신들은 이미 맹세를 하였습니다.

햄릿 진정으로, 내 칼에 대고 맹세하라, 진정으로.

유령 (무대 아래에서 소리친다) 맹세하라.

햄릿 아, 그대 생각도 그러한가? 정직한 친구, 거기 있었나?   160

지하에서 외치는 이자의 소리 좀 들어 보게.

자, 다들 맹세한다는 데 동의하게.

호레이쇼   먼저 맹세를 제안하십시오.

햄릿 오늘 밤 본 일을 절대 말하지 않기로

내 칼에 대고 맹세하게.

유령 맹세하라.   (맹세한다)   165

햄릿 이곳에서도? 도처에서? 그렇다면 장소를 옮기세.

다들 이곳으로 오게.

다시 한 번 이 칼 위에 손을 얹고

오늘 밤 목격한 일을 절대로 말하지 않기로

내 칼에 대고 맹세해 주게.   170

유령 그의 칼에 대고 맹세하라.   (맹세한다)

햄릿 말 잘했군, 늙은 두더지. 그렇게 빨리 땅을 헤집을 수
　　있단 말이지? 훌륭한 땅꾼이야! 한 번 더 자리를 옮기세.

호레이쇼 이럴 수가, 정말 기절초풍할 일이군.

햄릿 그러니 괴상한 일이라 치고 반겨 주게.   175
　　호레이쇼, 꿈꾸는 것보다 이상한 일들이
　　천지간에는 많은 법이라네.
　　자, 다들 이리 와서 조금 전처럼 맹세하게.
　　이제부터는 필요하다고 생각될 경우
　　짐짓 미치광이 노릇을 할 작정이니   180
　　내 아무리 기괴한 행동을 하더라도,
　　자네들이 그럴 때의 나를 보더라도,
　　팔짱을 이렇게 끼거나 고개를 이렇게 흔들면서
　　〈그래그래, 알 만하지〉, 〈우리가 원한다면야 할 수 있지〉
　　또는 〈말하기로 마음만 먹는다면〉,   185
　　〈말해도 좋다면야 말할 사람들이야 있지〉 따위의
　　이상한 말을 내뱉으며 나에 대해
　　뭔가 알고 있다는 표시를 해서는 절대 안 되네.
　　그런 짓을 말아야 정말 필요할 때 복을 받게 될 거야.
　　맹세하게.   190

유령 맹세하라.   (맹세한다)

햄릿 애타는 영혼이여, 안심하고 쉬어라!
　　자, 자네들에게도 진심으로 내 사랑을 바치네.
　　이 보잘것없는 햄릿이 자네들을 즐겁게 하는 것이라면

하느님의 도움으로 무엇이든 다 할 걸세.   195

자, 이제 함께 들어가세나.

부탁하는데 제발 항상 입술에 손가락을 얹고 함구해 주게.

시기가 어긋났군. 아, 빌어먹을 팔자,

이를 바로 맞추기 위해 태어나다니.

자, 이제 그만 다 같이 들어가세.   (모두 퇴장)   200

제2막

제1장

폴로니우스와 레이날도 등장.

폴로니우스 이 편지와 돈을 안부와 함께 아들놈에게 전하게.

레이날도 그러겠습니다, 주인님.

폴로니우스 그리고 그놈을 만나기 전에

그놈의 품행이 어떤지도

눈치채지 못하게 잘 알아보게나.

레이날도   그럴 참이었습니다.   5

폴로니우스 그래, 잘 생각했네. 잘 생각했어. 그런데 이보게,

파리에 있는 덴마크인들은 어떤 사람들이며, 어떻게 지내며,

누구이며, 돈은 얼마나 쓰며, 수입은 어떠하며,

어떤 친구들을 사귀고 있는지를 먼저 알아보게.

그런 다음 에둘러 물어서 그들이 내 아들놈을 알고 있거든   10

아들에 대해 꼬치꼬치 캐묻는 것보다

더 많은 것을 알게 될 걸세.

아들놈을 멀찌감치 아는 척하게. 이렇게 말이야.

〈그자의 아버지와 친구들, 그리고 그 당사자를

약간 알고 있는데.〉 알아듣겠는가, 레이날도?   15

레이날도 예, 잘 알겠습니다.

폴로니우스 이렇게 말일세. 〈약간은 알지만, 잘은 모르오.

그렇지만 내가 아는 사람이 그 사람이 맞다면,

그자는 매우 방종하고 이러이러한 것에 빠져 있지요.〉

그러고 나선 자네 마음대로 비방을 꾸며 대보게.   20

그렇다고 아들의 명예를 더럽힐 정도로

심한 욕을 하면 곤란하네. 그 점을 조심하게.

단지 자유분방한 젊은이에게서 흔히 볼 수 있는

방자하고 제멋대로인 그런 결함들을 들어 보게.

레이날도 도박 같은 것 말이죠?

폴로니우스   그렇지, 아니면 음주나   25

칼싸움, 욕지거리, 싸움질, 계집질, 이 정도까지는 무방하네.

레이날도 그런 건 도련님 이름을 더럽히는 것 같은데요.

폴로니우스 아니야, 전혀 그렇지 않아.

그건 자네가 비방을 조절하기에 달려 있네.

그 애가 색마라는 식으로   30

또 다른 비난을 더해서는 곤란하네.

그것은 내 본의가 아니야. 은근하게 암시를 하게나.

사람이라면 누구나 경험하는 방종의 오점들,

불같은 마음의 일시적 섬광이자 폭발,

철부지 젊은이의 거친 소행으로 비치도록. ³⁵

레이날도 그렇지만 나리 ―

폴로니우스   왜 그래야 하는가, 그 말이지?

레이날도 맞습니다. 바로 그것이 알고 싶습니다.

폴로니우스 그래, 내 계획은 이러하네.

그리고 내 생각에 이것은 확실한 술책이네.

만드는 과정에서 약간의 흠집이 생긴 것처럼 ⁴⁰

자네가 아들놈에게 이런 사소한 오점들을 씌워 놓으면,

잘 듣게나,

자네가 말하는 그 젊은이가

앞서 열거한 잘못들을 저지르는 모습을

본 적이 있다면, ⁴⁵

자네가 두드려 보려는 대화 상대자는

틀림없이 이런 식으로 자네에게 맞장구를 칠 걸세.

제 나라의 풍습과 신분에 따라 〈어르신〉 아니면 〈여보게〉,

아니면 〈양반님〉 하면서.

레이날도   아주 훌륭하십니다, 나리.

폴로니우스 그 사람은 이렇게 ― 그는 이렇게 ― ⁵⁰

그런데 내가 방금 무슨 말을 하려고 했었지?

젠장, 무슨 말을 하려고 했는데. 어디까지 했더라?

레이날도 〈맞장구를 칠 걸세〉까집니다.

폴로니우스 맞아. 〈이렇게 맞장구를 칠 걸세〉라고 했지.

그가 이렇게 맞장구를 칠 거야. 그래, 이렇게 말이야. ⁵⁵

들어 보게나. 〈내가 그 양반을 아는데, 어제 그이를 봤소.〉

혹은 〈그 전날〉, 혹은 〈그때〉, 혹은 〈아무개 아무개하고 그때〉,
〈당신이 말하듯이 놀음을 하고 있었는데〉,
〈술에 취해서 자고 있었는데〉,
아니면 〈테니스 시합을 하고 있었는데〉,   60
혹은 어쩌면 〈그가 판매소에 들어가는 것을 보았는데〉,
다시 말해 그건 창녀 집이야. 이제 알겠는가?
이런 식으로 거짓 미끼를 써서 진짜 잉어를 낚는 법이지.
이렇게 세상 이치에 밝은 사람들은
지혜와 경험이 있어 우회적인 방법으로 옆구리를 쳐서   65
굽은 길을 통해 바른 길을 알아낸다네.
내가 말한 이런 식으로 아들의 품행이 어떤지
알아내는 거야. 이제 알아듣겠나?

레이날도 잘 알겠습니다, 나리.

폴로니우스   그럼, 조심해서 다녀오게.

레이날도 안녕히 계십시오.   70

폴로니우스 아들놈의 취향을 자네도 잘 관찰해 보게.

레이날도 그리하겠습니다.

폴로니우스   아들놈이 본심을 드러내게 하게.

레이날도 나리, 알겠습니다.   (퇴장)

오필리아 등장.

폴로니우스 잘 가게. 웬일이냐, 오필리아, 무슨 일이 있느냐?

오필리아 아, 아버지, 아버지. 너무도 깜짝 놀랐습니다.   75

폴로니우스 도대체 무엇에 놀랐단 말이냐?

오필리아 아, 아버지, 안방에서 바느질을 하고 있는데

햄릿 왕자께서 윗저고리 섶을 온통 풀어 헤치시고,

머리에는 모자도 쓰지 않으시고, 대님도 매지 않아

더러운 양말을 발목까지 길게 늘어뜨리시고,   80

안색은 흰 셔츠처럼 창백하고, 두 무릎을 소리 나게 떨면서,

끔찍한 소식을 전하기 위해 지옥에서 풀려난 사람처럼

너무나 비참한 표정을 하고서

제 앞에 나타나십니다.[12]

폴로니우스 너에 대한 사랑 때문에 미친 거냐?

오필리아   모르겠습니다만   85

정말로 무섭습니다.

폴로니우스   왕자가 뭐라고 하더냐?

오필리아 제 팔을 붙드시더니 팔 길이만큼 뒷걸음질 치시고,

다른 한 손은 이마에 대시고,

마치 제 얼굴을 그리기라도 하시려는 듯

뚫어져라 빤히 쳐다보셨습니다.   90

그러고는 그렇게 오랫동안 서 계셨습니다.

마침내 제 팔을 가볍게 흔드시더니

자신의 머리를 이렇게 위아래로 세 번이나 흔드시고는

자신의 온 육신을 산산조각 내고

12 대부분의 한글 번역본에는 〈나타났습니다〉 혹은 〈찾아왔습니다〉 등의 과거형으로 번역되어 있지만 원문에서 오필리아는 현재형 동사를 사용하고 있다. 그녀의 눈에 햄릿의 이상한 모습은 지금도 바로 눈앞에서 일어나고 있는 사건처럼 생생하고, 그런 만큼 놀라움은 가중된다.

생명줄을 끊어 놓기라도 하려는 것처럼   95
세상 꺼질 듯 깊고 애처로운 한숨을 내쉬셨습니다.
그러고는 제 팔을 놓고 어깨 너머로 고개를 돌리셨는데,
시선은 마지막 순간까지 저에게 고정하신 채
문밖으로 걸어 나가셨습니다.
눈이 없이도 길을 잘 찾아 나가는 사람 같았습니다.   100

폴로니우스 자, 나하고 같이 가자. 전하를 뵈어야겠다.
이건 틀림없는 사랑의 광기다.
우리를 괴롭히는 세상 격정이 으레 그러하듯이
사랑의 격렬함은 스스로를 파괴하고
극단적인 일을 저지르게 하는 법이다.   105
안됐구나. 그래, 최근에
왕자에게 무슨 심한 말이라도 한 거냐?

오필리아 그런 일 없습니다.
다만 아버지께서 분부하신 대로 편지들을 돌려보내고
만나 주지 않았습니다.

폴로니우스   바로 그 때문에 미치신 거다.   110
내가 더 주의 깊고 사려 깊게
왕자님을 관찰하지 못한 것이 아쉽구나.
왕자가 너를 가지고 놀다가 망칠까 봐 걱정이 되었다.
그러나 제기랄, 이 무슨 쓸데없는 걱정이었담!
하늘에 맹세코, 젊은이들에게 분별력이 부족하듯   115
나이를 먹다 보면 지나친 기우에 휩싸이게 되는 법이란다.
자, 같이 전하를 뵈러 가자.

이 일은 알려야 한다.

왕자의 사랑 얘기를 꺼내서 미움을 받는 편이 낫지,

이를 숨겼다가는 나중에 더 큰 골칫거리가 될 거야.   (퇴장)   120

제2장

나팔 소리. 왕과 왕비, 로젠크란츠와 길던스턴 등장.

왕 사랑하는 로젠크란츠와 길던스턴, 잘 왔소.

경들을 보고 싶은 마음도 간절했거니와

경들의 도움이 필요한 일이 생겨

급히 와달라는 전갈을 보냈던 것이오.

햄릿이 변했다는 소문은 경들도 들었을 것이오.   5

일단 변했다고 해둡시다.

세자는 겉으로나 속으로나

전과는 전혀 딴판인 사람이 되었소.

나로서는 부친의 서거 말고 무엇이

그의 정신을 **빼앗아** 버렸는지 알 도리가 없소.   10

그대들은 어린 시절 함께 자랐고

왕자의 젊은 시절과 습관을 잘 알고 있으니

바라건대 잠시 동안 이곳 짐의 왕궁에 머물러 주오.

그와 함께 지내면서 오락도 같이 즐기고

짐이 알지 못하는 그 무엇이 왕자를 이처럼 괴롭히고 있는지   15

기회가 되는 대로 알아내 주기 바라오.

그대들이 알아내 주기만 하면

이를 고칠 방도는 짐의 몫이오.

왕비 두 어진 분들, 왕자가 두 친구 얘기를 많이 했소.

확신하건대 왕자가 마음 두는 사람이   20

이 세상에 두 분 말고는 더 없는 듯하오.

양반의 도리와 선의로

기꺼이 이곳 궁정에 머물면서

우리의 희망을 유익하게 채워 준다면

찾아 주신 고마움의 표시로   25

상감께서 상응하는 보답을 하실 것이오.

로젠크란츠   폐하,

사랑과 의무와 복종을 바치기로 되어 있는 신하들에게

미력을 다하라고 부탁하심보다는

명령하심이 지당한 줄 압니다.

길던스턴   신명을 다 바치겠습니다.

폐하의 발아래 엎드려   30

둘이서 온 힘을 다해

분부를 받들겠습니다.

왕 고맙소, 고매한 길던스턴과 로젠크란츠.

왕비 고맙소, 길던스턴과 고매한 로젠크란츠.

그러면 어서 너무나 변해 버린 나의 아들을   35

찾아가 만나 주시오. 거기 밖에 있는 너희 중 누군가가

이분들을 햄릿이 있는 곳으로 모셔다 드려라.

길던스턴　소신들이 궁중에서 머물면서 하는 일들이 왕자님께

　　즐겁고 유익한 것이 되었으면 합니다.

왕비　　　　　　　　　　　　　　그렇게 되길 비오.

　　　　　(로젠크란츠와 길던스턴이 시종 한 명과 함께 퇴장)

　　　　　폴로니우스 등장.

폴로니우스　폐하, 노르웨이로 갔던 사신들이　　　　　　40

　　기쁜 소식을 가지고 돌아왔습니다.

왕　그대는 늘 기쁜 소식을 제일 먼저 전해 주는 사람이구려.

폴로니우스　그렇습니까, 폐하? 황송합니다.

　　소신은 폐하의 신하된 본분을

　　하느님께 빚진 제 목숨만큼 소중히 여기고 있습니다.　　45

　　햄릿 왕자님께서 미치게 되신 깊은 내막을

　　제가 알게 된 것 같습니다.

　　만약 그것이 아니라면, 예전과는 달리 이젠 소신의 머리가

　　술수의 낌새를 잘 찾아내지 못한다는 말이 됩니다.

왕　어서 말해 보오. 진정 듣고 싶소.　　　　　　　50

폴로니우스　그보다 먼저 사신들을 맞으시지요.

　　제 소식은 큰 잔치 끝 후식 과일이 될 것입니다.

왕　그대가 그들을 먼저 환영하고 데리고 들어오시오.

　　　　　　　　　　　　　　　　(폴로니우스 퇴장)

　　사랑하는 거트루드, 폴로니우스 경이 말하길,

　　그대 아들이 실성한 으뜸가는 원인을 알아냈다는구려.　　55

왕비 부친의 죽음과 우리의 성급한 결혼 말고는
　　다른 원인이 없는 것 같아요.

왕 짐이 꼬치꼬치 물어볼 작정이오.

　　　　　폴로니우스와 볼티먼드, 코넬리우스 등장.

　　　　　　　　　　　　　어서 오시오, 나의 친구들.
　　자, 볼티먼드 경, 우리 형제 노르웨이 왕의 답변은 어떻소?

볼티먼드 더없이 정중한 인사와 안부를 보내오셨습니다.　　　　60
　　저희가 문제를 처음 꺼내자마자 왕께서는
　　조카의 징집 군대를 해산하기 위해 사람을 보내셨습니다.
　　그분은 이 군대를 폴란드 침략을 위한
　　준비로만 여기고 계셨는데 자세히 알아본 결과
　　그것이 폐하를 대적하기 위한 것임을 아시고는,　　　　　65
　　이 모든 일이 스스로 병들고 늙어 무력한 데서
　　비롯되었다는 사실에 너무나 슬퍼하시며
　　포틴브라스를 잡아 오라고 사람을 보내셨습니다.
　　간단히 말씀드리면, 포틴브라스는 명령에 복종하여
　　노르웨이 왕의 꾸중을 듣고 마침내　　　　　　　　70
　　다시는 폐하를 침공하려는 시도를 않겠다고
　　자신의 숙부 앞에서 맹세했습니다.
　　그러자 늙은 노르웨이 왕께선 기쁨에 겨워 그에게
　　녹봉 3천 크라운을 주시고, 앞서 징집한 군사들을
　　폴란드를 치는 데 사용하도록 윤허하셨습니다.　　　　　75

또 이 국서에 소상히 적힌 대로, 폴란드 침략을 위해

군대가 폐하의 영토를 탈 없이 지나갈 수 있도록

안전 통행권을 폐하께 간청했습니다.

안전과 허가에 관한 조항들은

국서에 자세하게 적혀 있습니다.

왕   짐은 만족하오.   80

틈나는 대로 적절한 시간에

이 조항들을 읽어 보고 답을 하겠소.

그건 그렇고, 경들의 노고를 치하하는 바요.

가서 쉬시오. 저녁에는 다 함께 연회를 열겠소.

잘 돌아와서 다행이오.   (사신들 퇴장)

폴로니우스   이 일은 매우 훌륭히 처리되었군요.   85

폐하, 왕비마마, 군주의 성격이 무엇이고 의무는 무엇인지,

낮은 어째서 낮이고 밤은 어째서 밤이며,

시간은 어째서 시간인지를 상론하는 것은

밤과 낮과 시간을 허비하는 일에 불과할 것입니다.

따라서 간결함이 지혜의 영혼이며,   90

지루하게 늘어놓는 것은 팔다리나 외관 장식에 불과하니

간결하게 말씀드립니다. 존귀하신 세자께선 미치셨습니다.

미친 것이 무엇이냐를 정의한다는 것이 바로

미친 짓이 아니고 무엇이겠습니까?

그러니 그건 놔두고 —

왕비   재주는 그만 피우고 사실을 말하시오.   95

폴로니우스 마마, 맹세코 재주를 부리는 게 아닙니다.

왕자가 미친 것은 사실이고, 사실임이 측은하며,

측은하지만 사실입니다. 보잘것없는 수사법이군요.

이를 버리고 이제는 재주를 피우지 않겠나이다.

왕자가 미쳤음을 인정하시면 100

이제 그 결과의 원인을 찾는 일이 남았습니다.

아니, 이 결함의 원인이라 해야겠군요.

결함 있는 결과에는 원인이 있을 테니까요.

원인을 밝히는 나머지 일은 이러하오니

성찰하여 주시옵소서. 소신에게 딸이 하나 있는데 — 105

제 슬하에 있는 동안에나 제 딸입니다만 —

자식된 도리와 아비에 대한 복종심에서 그 딸아이가

소신에게 이것을 주었습니다. 듣고 결론을 내려 주옵소서.

(읽는다)

〈하늘과 내 영혼의 우상, 가장 아름다워진 오필리아에게.〉

　형편없는 글이군요. 잘못된 글이죠. 〈아름다워진〉은 잘 110

　못된 표현입니다. 마저 들어 보시죠. 〈이 시구들을, 그대

　의 하얀 가슴에 이 시구들을, 운운.〉

왕비　이것이 햄릿이 그대의 딸에게 보낸 것이란 말이오?

폴로니우스　예, 마마. 좀 더 들어 보십시오. 읽겠습니다.

　　대지에 불이 있음을 의심하고, 115

　　별들의 움직임을 의심하고,

　　진실을 거짓말쟁이라 의심할지언정,

　　내 사랑을 의심하지 마오.

　　사랑하는 오필리아, 나는 시 쓰는 재주가 없소. 내

고통을 셀 재주가 없소. 그러나 아, 최고로 사랑하는 120
이여, 그대를 최고로 사랑함을 믿어 주오. 안녕히.

가장 소중한 여인이여,

살아 있는 한 영원히 그대의 것인 햄릿.

딸아이가 효심에서 이것을 소신에게 보여 주었습니다.

거기에 더하여, 왕자님이 언제 어디서 어떻게 125

자신에게 사랑을 간청했는지를

조목조목 제 귀에 들려주었습니다.

왕 그렇다면 딸아이는 그의 사랑을 어떻게 받아들였소?

폴로니우스 폐하, 소신을 어떻게 생각하십니까?

왕 진실한 친구이자 더없는 충신으로 아오. 130

폴로니우스 기꺼이 그리되도록 하겠나이다.

폐하라면 어떻게 생각하셨을까요?

딸아이가 소신에게 말해 주기 전,

제가 이 뜨거운 사랑의 날갯짓을 보았을 때에 이미

소신은 감지하고 있었음을 말씀드려야 하겠습니다만, 135

만일 소신이 책상이나 비망록처럼 굴었거나

마음의 눈을 닫아 버리고 벙어리 같은 침묵에 빠졌더라면

폐하나 왕비마마께선 어떻게 생각하셨을까요?

아니죠, 저는 그러지 않고 곧장 손을 썼습니다.

그래서 딸아이에게 이렇게 말했습니다. 140

〈왕자님은 네가 범접할 수 없는 분이시다. 네 배필로는

어울리지 않으니 이건 아니다.〉 그러고 나서 소신은

딸에게 왕자님 다니시는 곳에 나타나지도 말고

전령의 전갈도, 선물도 받지 말라고 일렀습니다.
제 자식답게 딸아이는 고분고분 제 말에 따랐습니다.   145
그날 이후 자신의 사랑이 이렇게 가로막히자,
간단히 말씀드리면 왕자께서는 곧장 우울에 빠지시고,
우울에서 금식, 금식에서 잠 못 이룸, 잠 못 이룸에서
허약함, 허약함에서 머리가 혼미해지기에 이르셨습니다.
그런 식으로 계속해서 머리가 혼미해지시더니   150
급기야 우리들이 모두 슬퍼하는 지금의 광란에 이르게 된
　것입니다.

왕　　　　　왕비의 생각도 진정 그러하오?

왕비　있음직한, 매우 그럴듯한 생각입니다.

폴로니우스　제가 〈그러하옵니다〉라고 분명히 말씀드린 것 중
　여태껏 그렇지 않았던 것이 있었는지요?
　있었다면 말씀해 주시지요.

왕　　　　　　　　그런 적이 없었던 것 같소.   155

폴로니우스　만일 이것이 사실이 아니라면,
　(자신의 머리와 어깨를 가리키며) 제 목을 베십시오.
　실마리만 얻으면 땅속 한가운데 숨어 있는 비밀이라도
　찾아낼 것입니다.

왕　　　　　어떻게 이 일을 좀 더 알아볼 수 있겠소?

폴로니우스　폐하께서도 아시듯 왕자님께서는   160
　몇 시간이고 이곳 회랑을 걷곤 하시지요.

왕비　　　　　　　　　정말 그래요.

폴로니우스　바로 그런 시간에 제 딸아이를 풀어놓겠습니다.

폐하와 저는 휘장 뒤에 은밀하게 숨어서
그 만남을 지켜보는 겁니다. 만일 왕자님이 딸아이를
사랑하지 않으시고 그로 인해 실성한 것이 아니라면   165
소신더러 국가의 조신이 아니라
농사짓는 수레꾼이나 되라 하소서.

왕비   한번 해봅시다.

　　　　　햄릿이 책을 읽으면서 등장.

왕비 저 불쌍한 녀석이 슬픔에 잠겨 책을 보며 오고 있네요.
폴로니우스 두 분께서는 자리를 피하여 주시지요. 어서요.
　　소신이 왕자님께 말을 걸어 보겠나이다. 피해 주소서.   170
　　　　　　　　　(왕과 왕비, 시종들을 대동하고 퇴장)
　　햄릿 왕자님, 그간 안녕하십니까?

햄릿 잘 지내오. 고맙소.

폴로니우스 소신을 알아보시겠습니까, 왕자마마?

햄릿 알다마다. 그대는 생선 장수 아니오?

폴로니우스 잘못 보셨습니다.   175

햄릿 그렇다면 그대가 정직한 사람이었으면 좋겠군.

폴로니우스 정직한 사람이오?

햄릿 그렇소. 이 세상 돌아가는 꼴로 봐서는 정직한 사람은
　　만에 하나 정도지.

폴로니우스 그건 맞는 말씀이십니다.   180

햄릿 개의 사체란 태양빛이 입 맞추기 좋은 것이라, 그 시체

에 구더기가 들끓게 한다면 — 그대에겐 딸이 있소?

폴로니우스 그렇습니다.

햄릿 그렇다면 그녀로 하여금 태양빛을 받으며 걸어다니지 못하게 하시오. 임신은 축복이지만, 딸이 임신을 하게 되 185 면 — 조심시키시오.

폴로니우스 (방백) 이건 무슨 뜻이람? 항상 딸년 타령이시군. 그러나 처음에는 나를 못 알아보시고 나더러 생선 장수라 불렀지. 완전히 미친 거야. 나도 젊었을 적에는 사랑때문에 이와 비슷한 극심한 고통을 겪었지. 다시 말을 걸 190 어 봐야겠다 — 왕자마마, 무엇을 읽고 계십니까?

햄릿 말, 말, 말이오.

폴로니우스 무슨 내용입니까?

햄릿 누구하고의 사이에?[13]

폴로니우스 읽고 계신 글의 내용이 무엇이냐는 말씀입니다. 195

햄릿 악담이오. 풍자를 좋아하는 악당이 이곳에 이렇게 쓰고 있소. 〈노인들은 턱수염이 희고, 그들의 얼굴은 쭈글쭈글하고, 그들의 눈에서는 자두나무 즙 같은 노란 진물이 흐르고, 그들의 허벅지는 흐느적거리며, 그들의 머리는 텅비었다.〉 어떻소? 내 비록 이 말들이 모두 사실이라 강력 200 하게 믿고 있긴 하지만, 이런 식으로 써놓는 것은 정직한 일이 못 된다고 여기는 바요. 나처럼 경도 늙게 될 것이

---

13 앞선 폴로니우스의 질문 *What is the matter*에는 〈무슨 일이십니까?〉라는 의미도 있으므로, 햄릿은 일부러 폴로니우스의 질문에 어깃장을 놓아 말장난을 하며 그를 놀리고 있다.

오 — 혹시라도 경이 게처럼 뒷걸음질을 칠 수만 있다면 말이오.

폴로니우스 (방백) 미쳤지만, 말에 일리는 있군 — 왕자마마, 바깥바람을 피해 안으로 들어가지 않으시겠습니까? 205

햄릿 무덤 속으로 말이오?[14]

폴로니우스 진정 그것도 안은 안이로군요. (방백) 대답이 때로는 참으로 그럴듯해. 정신이 멀쩡한 사람이라면 말할 수도 없는 바를 미친 사람이 흔히 맞히는 그런 요행수지. 210 이제 나는 돌아가서 딸아이와 왕자님을 마주치게 할 수단을 강구해 봐야겠구나 — 왕자마마, 그럼 소신은 이만 물러가 보겠습니다.

햄릿 그대에게 물러가는 것을 허락하는 것보다 기꺼이 해주고 싶은 것도 없소. 내 목숨, 내 목숨, 나의 이 목숨만 제 215 외하고는.

폴로니우스 안녕히 계십시오, 왕자마마.

햄릿 말 많은 늙은 얼간이들이란.

로젠크란츠와 길던스턴 등장.

폴로니우스 햄릿 왕자를 찾으시는군. 저기 있소. 220

로젠크란츠 안녕하십니까, 왕자님. (폴로니우스 퇴장)

길던스턴 훌륭하신 왕자님.

14 햄릿은 궁정을 일종의 숨 막히는 무덤으로 생각하고 있다.

로젠크란츠 뵙고 싶었던 왕자님.

햄릿 훌륭한 나의 친구들이여, 그동안 잘 지냈소? 길던스턴, 아, 로젠크란츠, 오래간만이오. 그래, 두 사람 다 어떻게 235 지내고 있소?

로젠크란츠 다른 사람들이나 진배없습니다.

길던스턴 지나치게 행복하지 않다는 점에서 행복합니다. 행운의 여신이 쓴 모자 꼭대기의 단추는 아니옵니다.

햄릿 신발 밑창도 아니겠지? 230

로젠크란츠 그렇습니다, 왕자님.

햄릿 그렇다면 자네들은 그 여신의 허리춤,[15] 혹은 한복판에 살고 있는 셈이군.

길던스턴 맞습니다, 저희들은 그 여신의 하인들입니다.[16]

햄릿 여신의 은밀한 곳에 있다고? 맞는 말이군. 그녀는 갈보 235 니까. 그래, 무슨 소식이오?

로젠크란츠 다른 소식은 없습니다, 왕자님. 세상은 정직해졌습니다.

햄릿 그렇다면 말세가 가까워 온 셈이군. 하지만 자네 말은 틀렸네. 꼬집어 물어보고 싶은 것이 있는데, 여보게들, 240 무슨 일을 저질렀기에 행운의 여신의 손에 붙잡혀 이곳 감옥까지 오게 되었는가?

길던스턴 감옥이라뇨?

---

15 *waist.* 발음상 〈쓰레기 더미〉라는 의미를 암시한다. 햄릿은 자신의 두 친구들이 행운의 여신이 던져 주는 찌꺼기를 먹고 산다고 비아냥거리고 있다.

16 *her privates we.* 〈그녀의 은밀한 곳입니다〉라는 해석도 가능하다.

햄릿 덴마크라는 감옥 말일세.

로젠크란츠 그렇다면 온 세상이 감옥입니다. 245

햄릿 그렇지. 수많은 감금소와 감방과 지하 토굴이 즐비한, 그럴듯한 감옥이지. 하지만 그중에서도 덴마크가 최악의 감옥이라네.

로젠크란츠 저희들 생각은 다른데요, 왕자님.

햄릿 그렇다면 자네들에게는 그렇지 않은가 보지. 좋고 나쁜 250 것이 모두 생각하기에 달려 있으니 말이네. 어쨌든 나에게는 감옥일세.

로젠크란츠 왕자님의 야심 때문에 그러한가 봅니다. 왕자님의 마음을 채우기에 덴마크는 너무 좁지요.

햄릿 아, 하느님, 악몽만 꾸지 않는다면, 호두 껍질 안에 갇 255 혀서도 스스로를 무한한 왕국의 왕이라고 생각할 수 있다면 좋으련만.

길던스턴 그 꿈이라는 것이 실제로는 야심입니다. 왕자님. 야심가들이 바라는 실체라는 것은 단지 꿈의 그림자에 불과하니까요. 260

햄릿 꿈이란 그 자체가 그림자에 불과한 것이네.

로젠크란츠 맞습니다. 저도 야심이란 너무나 허망한 것으로, 그림자의 그림자에 불과하다고 생각하고 있습니다.

햄릿 그렇다면 거지들이야말로 실체이고, 군주나 야심에 찬 영웅들은 거지의 그림자에 불과한 것이겠군. 궁정으로 265 들어가는 것이 어떻겠나? 정녕코, 난 더 이상 논쟁은 못하겠네.

로젠크란츠, 길던스턴   저희들이 모시겠나이다.

햄릿   그만두게나. 내 하인들과 자네들을 똑같이 취급하고 싶
지 않네. 솔직하게 말하자면 나에겐 끔찍할 정도로 시종   270
들이 따라붙고 있네. 그런데 우정에 대고 단도직입적으
로 묻겠는데, 엘시노어에는 무슨 일로 왔는가?

로젠크란츠   단지 왕자마마를 뵙기 위함입니다.

햄릿   거지이다 보니 나는 감사 표시에도 가난하다네. 그렇지
만 고맙군. 내 감사야 값이 안 나가는 것이긴 하지만 말   275
이야. 자네들, 혹시 불려 온 것은 아닌가? 자발적으로 왔
단 말인가? 내켜서 말인가? 자, 자, 솔직하게 말을 하게.
어서 말을 해보게나.

길던스턴   무슨 말씀을 드릴까요?

햄릿   용건만 말하게. 자네들은 불려 왔어. 그렇다고 자네들   280
표정에 쓰여 있네. 자네들은 아직 염치가 남아서 이를 덧
칠할 재주는 없는가 보군. 훌륭하신 왕과 왕비께서 자네
들을 불렀다는 것을 알고 있네.

로젠크란츠   뭣 때문에 불렀겠습니까?

햄릿   이것 보게. 그건 자네들이 나에게 알려 줘야 하는 것 아   285
닌가? 우리의 옛 우정의 도리에 대고, 청춘의 의기투합
에 대고, 우리들의 변함없는 맹세에 대고 자네들에게 부
탁하는 바이니, 불려 왔는지 아닌지를 단도직입적으로
내게 말해 주게.
                                                         290

로젠크란츠   (길던스턴에게 방백) 어찌 대답하겠는가?

햄릿   그러지들 말게. 내가 보고 있으니까. 자네들이 나를 사

랑한다면, 망설이지 말게.

길던스턴 저희들은 불려 왔습니다.

햄릿 내가 그 이유를 말해 주지. 그렇게 해야만 자네들이 내 ²⁹⁵
게 먼저 발설한 꼴이 되지 않고, 왕과 왕비와 한 비밀 약
속 또한 털끝 하나 다치게 하지 않은 채 그대로 지키게
될 테니 말이야. 이유는 모르겠지만 나는 최근에 만사에
흥미를 잃었고, 늘 하던 운동도 그만두었네. 정말로 심사
가 너무나 울적해서 틀 좋은 이 지구도 내게는 그저 황량 ³⁰⁰
한 돌덩이로밖에는 보이지 않고 이 더없이 훌륭한 천개
(天蓋)도, 여보게들, 머리 위로 드리워진 이 경이로운 창
공과 황금 불로 수놓인 이 장엄한 천장도 내게는 단지 병
을 옮기는 더러운 수증기 덩어리로밖에는 보이지 않는다
네. 인간이란 대단한 걸작이야. 이성은 얼마나 고귀하고, ³⁰⁵
능력은 얼마나 무한하며, 외모와 동작은 얼마나 곧고 경
이롭고, 행동은 얼마나 천사 같고, 이해력은 얼마나 신과
같은가. 세상의 아름다움이며 동물들의 귀감이지. 그렇
지만 내게는 이게 다 고운 먼지 말고 뭐란 말인가? 사람
을 봐도 즐겁지가 않고, 여자를 봐도 마찬가지네. 웃고 ³¹⁰
있는 걸 보니, 자네들은 여자는 다를 거라고 말하고 있는
것 같네만.

로젠크란츠 왕자님, 저는 그런 생각은 추호도 하지 않았습
니다.

햄릿 그렇다면 내가 사람을 봐도 즐겁지가 않다고 말했을 때 ³¹⁵
왜 웃었나?

로젠크란츠　사람을 봐도 즐겁지가 않으시다면 배우들이 얼마나 푸대접을 받을까 생각하느라 그랬습니다. 오는 도중에 배우들을 만났는데, 왕자마마를 알현하려고 이곳으로 오고 있는 중이었습니다. ³²⁰

햄릿　왕 역할을 하는 친구는 대환영이네. 내가 그에게 공물을 바치겠네. 모험을 좋아하는 기사는 칼과 방패를 사용하게 될 것이고, 연인은 헛되이 한숨짓지 않을 것이며, 우울한 사람은 평화롭게 역할을 마칠 것이고, 광대는 조그만 자극에도 허파가 간지럼을 타도록 웃음을 선사할 ³²⁵ 것이며, 부인은 자유롭게 속마음을 얘기할 것이네. 안 그러면 대사가 멈추고 말 테지. 그런데 그들은 어떤 배우들인가?

로젠크란츠　왕자님께서 보면서 즐거워하시던, 도시의 비극 배우들입니다. ³³⁰

햄릿　그자들이 어떻게 순회공연을 하게 되었는고? 명성이나 이익이나 모든 면에서 상주 극장이 더 나을 텐데.

로젠크란츠　제 생각엔, 최근의 변화로 공연이 금지되었기 때문인 것 같습니다.

햄릿　그자들은 내가 도시에 있을 때나 마찬가지로 지금도 평 ³³⁵ 판이 좋은가? 여전히 인기가 좋은가?

로젠크란츠　그렇지 않습니다.

햄릿　왜 그렇게 된 거지? 한물간 건가?

로젠크란츠　아닙니다, 왕자님. 그들은 여전히 분투하고 있습니다. 다만, 어린 매 새끼 같은 아동극단이 생겨나 목청 ³⁴⁰

껏 소리를 지르며, 이 때문에 미친 듯이 박수갈채를 받고
있습니다. 아동극단이 요새 유행이라 기성 극단은 진부
하다는 비난을 너무나 많이 받고 있으며, 칼 찬 양반들도
야유의 펜촉이 무서워 그쪽으로는 감히 얼씬도 못 하는
실정입니다.   345

햄릿 아니, 아동극단이라고? 누가 이들을 후원하고 있소?
도대체 돈은 어떻게 얻지? 그들은 변성기 전까지만 배우
를 하고 그만둘 작정들이란 말인가? 그자들이 나중에 커
서 성인 배우가 되면 — 더 좋은 다른 돈벌이가 없는 한
틀림없이 그렇게 되겠지만 — 그때 가서 스스로 자신들   350
의 일을 지속시키지 못하게 했다는 이유로 작가들을 비
난하게 되지 않겠는가?

로젠크란츠 정말이지 양편에서 많은 논쟁이 있었습니다. 사
람들은 이들끼리 서로 싸움 붙이는 것을 전혀 죄악시하
지 않습니다. 그래서 한동안은 작가와 배우가 서로 주먹   355
다짐 싸움판을 벌이지 않으면 돈벌이가 되지 않을 정도
였습니다.

햄릿 그런 일이 있을 법이나 한가?

길던스턴 오, 물론 그래서 한동안은 서로들 골치깨나 썩였습
니다.   360

햄릿 그래, 아이들이 이겼소?

로젠크란츠 예, 그렇습니다. 이자들이 헤라클레스와 그가 진
짐[17]까지 쓸어 버렸습니다.

햄릿 이상할 것도 없지. 지금은 내 숙부가 덴마크의 왕인데,

부친이 살아 계실 때는 입을 삐쭉거리며 그를 조롱하던 365
사람들이 이젠 금화 20냥, 40냥, 50냥, 100냥을 주고도
숙부의 작은 초상화를 사들이는 형편이니까. 염병할, 여
기엔 자연스럽지 못한 뭔가가 숨어 있소. 지혜를 써서 찾
아낼 수만 있다면.   (나팔 소리)

길던스턴 배우들이 왔습니다.   370

햄릿 엘시노어에 온 것을 환영하네. 자, 내게 손을 주게. 악
수하세. 유행하는 의식을 따르는 것이 환영하는 방식이
라네. 난 배우들을 그럴듯하게 환대해 맞이할 생각인데,
그들을 자네들보다 더 환대한다는 오해를 받지 않기 위
해서는 자네들에게도 마찬가지의 예의를 보여야겠지. 잘 375
들 왔네. 그런데 나의 숙부인 부친과 숙모인 어머니는 속
고 있다네.

길던스턴 무엇을 속고 있단 말입니까?

햄릿 나는 단지 북북서로만 미쳤네. 바람이 남쪽에서 불어오
면 매와 왜가리를 구분할 줄 알거든.   380

폴로니우스 등장.

폴로니우스 안녕하십니까, 여러분.

햄릿 자네 길던스턴, 그리고 자네 로젠크란츠도 내 말을 들
어 보게. 저기 보이는 저 큰 아이는 아직도 기저귀를 못

---

17 셰익스피어가 몸담았던 〈글로브 극장〉의 문장(紋章)은 헤라클레스가 지구를
어깨에 지고 있는 모습이다.

벗고 있다네.

로젠크란츠 늙으면 도로 어린아이가 된다고들 하니 그럴 만 385
도 하지요.

햄릿 내가 예언 하나 하지. 저자가 내게 오는 이유는 유랑 극
단 배우에 대해 말하기 위해서네. 잘 보게나. (계속 대화
중인 양) 자네 말이 맞아. 지난 월요일에 과연 그러했네.

폴로니우스 왕자마마, 전할 말씀이 있습니다. 390

햄릿 왕자마마, 전할 말씀이 있습니다. 로시우스[18]가 로마에
서 배우였던 시절에 —[19]

폴로니우스 유랑 극단 배우들이 이곳에 도착했습니다.

햄릿 쯧쯧.

폴로니우스 단연코 — 395

햄릿 그렇다면 배우들은 각자 자신의 노새를 타고 왔군.[20]

폴로니우스 왕자마마, 이들로 말씀드릴 것 같으면 세상에서
가장 뛰어난 배우들이라고 할 수 있습니다. 희극과 비극,
역사극과 전원극, 전원 역사극, 역사 희극은 물론 역사
전원 희극, 역사 비극까지 두루 능한 친구들입니다. 세네 400
카의 비극도 너무 무겁지 않고, 플라우투스 역시 너무 가
볍지 않습니다. 명명백백하게, 이자들만이 유일하게 유

18 옛 로마의 유명한 희극 배우.
19 햄릿이 폴로니우스의 말을 흉내 내며 비웃고 있다.
20 앞서 배우들이 도착했다는 소식을 햄릿이 헛소리로 치부하자 폴로니우스는
자신의 명예를 걸고 〈단연코upon my honour〉 그들이 도착했다고 주장한다. 그러
자 햄릿은 〈저의 명예를 타고〉라는 의미로 받아들이고, 폴로니우스의 명예를 노새
에 비유하여 조롱하고 있다.

능한 인물들입니다.

햄릿 오, 이스라엘의 판관 옙다[21]여! 그대는 무슨 보물을 지
녔었는가?
405

폴로니우스 그에게 보물이 있었나요?

햄릿 그래. (노래한다)

더없이 아름다운 외동딸 하나,

그는 애지중지 사랑했다네.

폴로니우스 (방백) 아, 항상 내 딸년 타령이군! 410

햄릿 늙은 옙다여, 가사가 틀리지 않았나?

폴로니우스 왕자님, 저더러 옙다라 하시면, 소신에게도 애지
중지하는 딸이 하나 있습니다.

햄릿 아니, 그렇게 이어지는 것이 아니지.

폴로니우스 그럼 어떻게 이어지는 건가요? 415

햄릿 이렇게.

하느님이 아시는 운명에 의해서

그런 다음, 자네도 알듯이 이렇게 이어지지.

일어나려던 일이 일어났듯이.

이 성가의 첫 연을 보면 더 잘 알 수 있소. 마침 저기 저 친 420
구들이 오니 이쯤에서 그쳐야겠군.

배우들 등장.

---

21 신에게 자신의 딸을 제물로 바친 이스라엘의 판관. 본문에서는 당시에 떠돌
던 민중들의 담시(譚詩)를 의미한다. 햄릿은 잠시 후 그 노래의 1절을 부른다.

여보게들, 모두들 잘 왔네. 어서들 오게. 다들 무사하니 반
갑군. 친구들 모두 잘 왔네. 어이, 옛 친구, 자네는 지난
번에 보았을 때와 달리 얼굴에 수염이 생겼군그래. 내 턱 425
수염과 견주어 보기 위해 덴마크까지 온 것인가? 나의
마님이자 젊은 아가씨 역은 맹세코 지난번 봤을 때보다
나막신 굽 높이만큼이나 키가 컸군그래. 금이 가 귀가 잘
린 채 버려진 금화[22]처럼 목소리가 갈라지지 않도록 하
느님께 기도하게나. 자, 여보게들, 프랑스의 매 사냥꾼들 430
이나 마찬가지로 우리도 먹잇감을 보기가 무섭게 달려드
는 편이네. 자, 맛보기를 보여 주게나. 대사 한 토막, 그
것도 비장한 한 토막으로 우리에게 들려주게.

제1배우 무슨 대목을 들려 드릴까요?

햄릿 예전에 한 번 들었던 것인데, 공연된 대목은 아니었네. 435
상연되었다 해도 내 기억이 맞다면 고작 한두 번에 불과
했을 걸세. 그건 대중에게 인기가 없었으니까 말이야. 그
들에게 그 대목은 철갑상어 젓이나 다를 게 없었지. 그러
나 그 진가를 인정한 나와 같은 사람들이 보기에 그것은 440
필치가 재치 있을 뿐 아니라 대단히 겸손한, 더없이 훌륭
한 연극이었다네. 누군가의 얘기로는, 시구에 맛을 내는
양념을 치지는 않았지만 달콤하며 건강한 것이 정직한
수법을 따랐다고 하더군. 자, 내가 생생하게 기억하는 대 445
목은 이니어스가 다이도 여왕에게 들려준 이야기였네.[23]

---

22 당시 동전의 문양이 닳아 안 보이거나 하면 일부러 동전 귀퉁이를 잘라서 유
통을 금지시켰다. 귀가 잘린 동전이란 폐기된 동전을 의미한다.

특히나 프리암 왕의 살해에 대해 얘기한 대목이었지. 아
직도 자네가 그걸 기억하고 있다면 그 행에서부터 시작
해 보게나. 어디 보자 —
450

사나운 피러스[24]는 히르카니아[25]의 호랑이처럼……

아니, 이게 아닌데. 〈피러스는……〉 옳다, 그렇지.

사나운 피러스,

불길한 목마에 숨어 있을 때

그의 컴컴한 마음은 갑옷만큼이나 검어
445

칠흑 같은 밤과 흡사했지만

이제 그의 검고 흉측한 피부를

더욱 흉측한 피의 문장으로 덧칠했다.

머리에서 발끝까지

이제 수많은 아버지, 어머니, 아들딸의 피로
460

끔찍하게 치장하고

완전히 몰라볼 지경의 피투성이가 되었다.

말라붙은 응혈을 등에 뒤집어쓴 채

흙과 불을 가르고 나온 악귀처럼

늙은 프리암[26]을 찾는다…….
465

자, 계속해 보게.

23 로마의 시인 베르길리우스의 서사시 「이니드」에 나오는 이야기. 트로이의 왕
자 이니어스는 로마 건국을 위해 이탈리아로 가던 중 풍랑을 만나 아프리카의 카르
타고에 도착하는데, 그곳 여왕 다이도에게 트로이 최후의 장면을 이야기해 준다.
24 그리스의 장군인 아킬레스의 아들.
25 소아시아에 있는 한 지역. 히르카니아의 호랑이는 사납기로 유명하다.
26 트로이의 왕.

폴로니우스 왕자님, 맹세하건대 정말 억양도 좋고 분별 있게
　　잘도 끊어 낭송하셨습니다.

제1배우 희랍 군인들에게 헛손질을 하는 프리암을
　그는 곧장 찾아내었도다.　　　　　　　　　　　　　　　470
　그의 오래된 칼은 팔에 순종치 않고
　맥없이 떨어져 제자리에 잠들어 있다.
　피러스는 프리암에게 달려들어 분에 못 이겨 크게 휘두른다.
　그 잔인한 칼의 획 하는 바람 소리와 더불어
　맥 풀린 아버지는 쓰러진다. 그러자 무감각한 일리움,[27]　　475
　이 칼날을 느끼는 듯 불길 솟던 꼭대기부터
　땅으로 무너져 내리며 그 벽력같은 소리로
　피러스의 귀청을 멀게 하는구나.
　보라, 늙은 프리암의 백발을 내리치던 그의 장검은
　공중에 얼어붙은 듯했다.　　　　　　　　　　　　　480
　그림 속 폭군인 양 피러스는 미동도 않고 서서
　자신의 의지와 목적에는 아랑곳없다는 듯
　가만히 있었다.
　그러나 폭풍우 앞둔 하늘에서 침묵이 일고
　구름도 멈추고 거친 바람도 소리를 죽이고　　　　　　485
　대지도 죽은 듯 조용해지다가
　곧이어 무서운 천둥이 하늘을 찢듯이,
　멈춰 섰던 피러스 다시 복수심을 새롭게 일으켜

---

27 트로이의 다른 이름.

프리암을 내리친다.

영원토록 튼튼할 마르스 신의 갑옷을 만들던   490

사이클롭스[28]의 쇠망치도 피러스의 피 묻은 칼보다

더 사정없지는 않았으리라.

사라져라, 사라져, 너 화냥년 운명의 여신아!

하늘의 제신들이여, 총회를 열어

그년의 힘을 빼앗아 버리고   495

그 수레바퀴의 살과 축대를 다 부수어 버리고

둥근 테는 하늘 아래로 굴려서

악귀들이 있는 저 아래 지옥으로 던져 버리소서.

폴로니우스 이건 너무 길군요.

햄릿 경의 턱수염과 같이 이발관에 가야겠소. 계속하게나. 저   500
　　친구에게는 우스갯소리나 음담패설이 제격이지, 아니면
　　잠들어 버리니까. 계속해서 헤큐바[29] 이야기를 해보게.

제1배우 그러나 누가, 아, 누가 베일 드리운 왕비 보았는가 ―

햄릿 〈베일 드리운 왕비〉라.

폴로니우스 좋은 표현이군요.   505

제1배우 놀라움과 죽음에 대한 공포에 혼비백산 일어나서
　　수많은 자식을 낳느라 수척해진 사타구니에
　　담요 하나 두르고, 조금 전까지 왕관을 썼던 머리에는
　　수건 하나 걸치고 쏟아지는 눈물로
　　불길을 가르며 맨발로 오르락내리락 뛰어다닌다.   510

28 신들의 갑옷을 만들었다는, 신화에 나오는 거인 대장장이들.
29 프리암의 아내.

이런 모습을 본 사람치고, 운명의 장난이라고
독에 적신 혀로 말하지 않은 자 누구였겠는가?
피러스가 적의에 찬 칼 휘둘러
남편의 사지를 난도질하던 때에
하늘의 신들이 그녀를 보았다면,   515
인간사에 목석같은 신들이 아니라면
그녀의 경악하는 외침 소리에
하늘의 불타는 눈들에도 눈물 흘러넘치고
신들도 애통해했을 것이다.

폴로니우스　왕자님, 보십시오. 저자의 낯빛이 변하였고 눈에　520
는 눈물이 그득합니다. 여보게, 제발 그만두게.

햄릿　잘했네. 나머지 대사는 곧 다시 듣기로 하겠네. 경은 이
배우들이 편히 쉴 곳을 좀 봐주시겠소? 명심해서 잘 대
접해 주기를 바라오. 왜냐하면 저들은 정녕 시대의 연대
기이자 정수이기 때문이지. 장담하건대 살아생전에 그자　525
들의 혹평을 듣느니 사후에 나쁜 묘비명을 얻는 편이 나
을 것이오.

폴로니우스　왕자마마, 그들의 분에 맞게 그들을 대접하겠습
니다.

햄릿　아니, 훨씬 더 잘해 주시오. 모든 사람을 분에 맞게 대　530
접한다면 채찍을 피할 자 누가 있겠소? 경 자신의 신분
과 명예에 어울리게 저자들을 대접해 주시오. 저들의 분
에 넘칠수록 그대의 은공이 커지는 법이오. 저들을 안으
로 들이시오.

폴로니우스 자, 들어들 갑시다.   535

햄릿 친구들, 저자를 따라가게. 내일 연극 공연이 있을 것이
네. (제1배우에게) 옛 친구, 내 청을 들어주겠나? 자네
「곤자고 살인」을 공연할 수 있나?

제1배우 그럼요.

햄릿 내일 밤 그걸 공연해 주게. 자네, 필요하다면 내가 써서   540
끼워 넣고 싶은 열두 줄이나 열여섯 줄 정도의 대사를 외
울 수 있겠지?

제1배우 그럼요.

햄릿 잘됐네. (배우들 모두를 향해) 저 양반을 따라가게. 명심
하게나. 저이를 조롱해서는 안 되네.   545

(폴로니우스와 배우들 퇴장)

(길던스턴과 로젠크란츠를 향해) 친구들, 저녁에 다시 보세.
엘시노어에 잘들 왔네.

로젠크란츠 그럼 안녕히 계십시오.   (햄릿만 남고 모두 퇴장)

햄릿 그래, 잘 가게. 이제야 혼자 있게 되었군.

아, 나란 놈은 얼마나   550
똥 덩어리같이 더럽고 어리석은 불한당이란 말인가!
이 배우들은 단지 헤큐바를 위하여
눈에서 눈물을 뽑아내고 있지 않은가?
헤큐바가 그 배우에게 무엇이기에,
아니, 그가 헤큐바에게 무엇이기에?   555
그자가 나와 같은 상실감을 지녔다면 어떠했을까?
아버지가 살해당하고 왕관마저 빼앗겼다면

그는 눈물을 온통 핏방울로 바꾸어
한탄으로 청중들을 놀라게 하고
어리석은 자들을 혼동케 하고   560
현자들의 입을 다물게 했으리라.
진정 그의 고통은 만인에게 통했으리라.
그런데도 나는
백일몽이나 꾸는 얼간이 바보처럼
악당에게 아버지를 살해당한 채   565
가만히 서서 속수무책이구나.
진정 겁쟁이가 아닌가.
내 턱수염을 뽑고 내 코를 비틀고
폐부 깊숙이까지 거짓말쟁이라고
나를 놀리는 자 누군가?   570
기가 막히는군!
염병할, 그래, 이런 모욕을 받아들일 수밖에.
나는 쓸개도 없는 놈.
아니면 지금쯤 이 빌어먹을 악당,
이 불한당 같은 놈의 내장으로   575
공중의 매들을 살찌웠을 텐데!
피에 젖은 음탕한 악당!
잔인무도하고, 사악하고, 색마 같고,
인류를 저버린 악당 놈!
그런데도 나는 이 무슨 얼간이람!   580
사랑하던 아버지가 살해당했는데

그 아들놈인 내가
하늘도 지옥도 내게 복수하라 이르건만
부엌데기 하인처럼,
진짜 화냥년처럼   585
말로만 화풀이를 하며
욕이나 퍼붓고 있다니
이야말로 놀랍지 않은가.
에이, 더럽다, 더러워!
궁리를 해보자. 음, 그래, 내 듣기에   590
죄 있는 인간들은 연극을 보다가
기묘한 장면을 알아보고선
오래전에 저지른 살인을 고백한다 했지.
살인은 비록 혀가 없어도
아주 신기한 혀를 빌려 말한다 했지.   595
이 배우들로 하여금 숙부 앞에서
아버지의 살인 비슷한 연극을 하도록 해야겠다.
그러고선 나는 숙부의 표정을 살펴야겠다.
급소를 찌를 테야.
만일 숙부가 움찔하면   600
내가 어떤 조치를 취해야 할지 알게 되는 거지.
내가 목격했던 유령은 악마인지도 몰라.
내가 요사이 허약해지고 울적해진 틈을 타
지옥으로 끌고 가려는지도 모르지.
악마란 그런 사람들에게 힘이 있는 법이니까.   605

좀 더 확실한 증거를 찾아야겠군.

연극이란 왕의 양심을 잡아내기 위한 것이렷다!　　　(퇴장)

제3막

제1장

왕과 왕비, 폴로니우스, 오필리아, 로젠크란츠, 길던스턴 등장.

왕 그래, 그대들이 아무리 애를 써서 물어보아도

세자인 햄릿이 자신의 평온한 날들을

소란스럽고 위험한 광기로 뒤흔드는

그 혼란의 원인을 찾을 수 없더란 말이오?

로젠크란츠 왕자님께서도 마음이 심란하다고는 하십니다만, 5

어떤 영문인지는 결코 말씀하려 들지 않으십니다.

길던스턴 폐하, 왕자님께서 그처럼 슬퍼하시는 까닭을

끄집어내기 위해 소신들은 최선을 다했습니다만

그분께서는 항상 교묘한 광기를 부려 저희들을 따돌리시고

소신들이 운을 뗀 이야기에 대한 답변을 회피해 버리시곤

합니다.

왕비   그대들을 반갑게 맞아 주긴 했소? 10

로젠크란츠 더없이 점잖게 대해 주셨습니다.

길던스턴 하지만 마지못한 억지스러운 태도가 있었습니다.

로젠크란츠 질문하려 하시지는 않았지만 소신들의 질문에는
거침없이 답변하여 주셨습니다.

왕비   무슨 놀이라도 하자고
설득해 보았소?   15

로젠크란츠 마침 소신들이 길에서 따라잡은
배우들이 있었습니다.
이들에 대해 말씀드리니 화색이 도셨습니다.
배우들은 지금 궁정 어딘가에 머물고 있으며,
이미 왕자님으로부터 오늘 밤 공연하라는 명을   20
받은 것으로 알고 있습니다.

폴로니우스   사실입니다.
폐하와 왕비마마께서 참석하시어 공연을 관람해 주시기를
간청드리도록 소신에게 당부했습니다.

왕 기꺼이 그러겠소.
세자의 마음이 그쪽으로 돌아섰다니   25
짐의 마음이 흡족하오. 경들은 계속해서
그의 마음을 즐겁게 할 방도를 찾아보시오.

로젠크란츠 그리하겠나이다.   (로젠크란츠와 길던스턴 퇴장)

왕   거트루드, 당신도 물러가 주시오.
우연히 마주친 것처럼
햄릿이 이곳에서 오필리아를 만나도록   30
그를 이곳으로 은밀히 불러오라 일렀소.

과인은 그녀의 아비와 함께

합법적인 염탐꾼이 되어 숨어 있다가

그들의 만남을 몰래 엿보고서

햄릿이 이토록 고통을 당하고 있는 것이   35

사랑 때문인지 아닌지를

그의 거동으로 판단할 것이오.

왕비   분부대로 하겠습니다.

오필리아, 너로 말하자면,

햄릿의 광기가

너의 아름다움 때문이었으면 좋겠구나.   40

너의 미덕으로 그가 옛날로 돌아가고 너희 두 사람이

잘 되었으면 좋겠구나.

오필리아   저도 그리되기를 바라옵니다.

                             (왕비 퇴장)

폴로니우스   오필리아, 여길 거닐고 있어라.

폐하, 황송하오나 숨으시지요.

이 책을 읽고 있어라. 이처럼 신앙심이 있어 보여야   45

혼자 거니는 것이 이상하게 비치지 않는 법이다.

이런 일은 비난받아 마땅하지만,

흔히 경건한 얼굴과 신앙심 깊은 행동으로

우리는 악마를 사탕발림한단다.

왕   (방백) 아, 너무나 옳은 말이다.

그 말이 내 양심에 아픈 채찍을 가하는구나.   50

화장술로 단장한 창녀의 뺨과 화장 분의 관계도

더없이 위선적인 나의 말과 행동의 관계에 비한다면
조금도 추하지 않구나.
아, 무거운 양심의 짐이여!

폴로니우스 왕자님이 오고 있군요. 물러나시지요, 폐하.   55

(왕과 폴로니우스 퇴장)

햄릿 등장.

햄릿 사느냐, 마느냐, 그것이 문제로구나.
성난 운명의 돌팔매와 화살을
마음속으로 견디는 것이 더 고귀한 일이냐,
아니면 고해의 바다에 맞서 끝까지 대적하여
끝장을 내는 것이 더 고귀한 일이냐.   60
죽어서 잠을 잔다. 이게 전부란 말인가? 그래, 전부야.
아니, 잠을 자면 꿈을 꾸겠지. 맞아, 그것이 문제야.
사멸할 이 육신의 허물을 벗어 버리고
죽음의 잠 속에서 우리는 무슨 꿈을 꾸게 될까?
그 때문에 우리는 망설이고   65
이 장구한 인생의 재난을 이어 가는구나.
그게 아니라면 그 누가 시대의 채찍과 조롱,
억압자의 횡포와 거만한 자의 비방,
짝사랑의 고통과 법의 게으름,
관리의 오만함과   70
훌륭한 사람들이 하찮은 사람들로부터

참고 받아 내는 업신여김을 견디겠는가?

차라리 단검 빼어 들고 이승을 하직하는 편이 낫지.

그게 아니라면 누가 지루한 인생의 무게에 눌려

신음하고 땀 흘리며 그 무거운 짐 지고 가겠는가?   75

여태껏 아무도 되돌아온 자 없는 그곳,

그 미지의 나라,

사후 세계에 대한 두려움이

우리의 의지를 마비시키고

우리로 하여금 알지 못하는 저승으로 달려가기보다   80

이승의 질곡을 참고 살게 하는 것 아니겠는가.

이리하여 숙고는

우리 모두를 겁쟁이로 만들고

자연스러운 결단의 색깔은

뻗어 나가는 생각과 더불어   85

창백하게 변하는구나.

중대한 계획도 이 생각 때문에 물줄기를 틀어

실행이라는 이름조차 잃는구나. 자, 가만,

아름다운 오필리아! 님프여, 그대의 기도 가운데

내 모든 죄악들을 기억하여 주오.

오필리아   왕자님,   90

그사이 안녕하셨습니까?

햄릿 대단히 고맙소. 잘 지냈소.

오필리아 왕자님, 제가 왕자님으로부터 받았던 기념물들을

되돌려 드릴 기회를 찾고 있었는데

이제야 그 기회가 왔군요.

햄릿   아니오, 내가 아니오.   95

나는 그대에게 아무것도 준 것이 없소.

오필리아 왕자님, 아시다시피 분명히 주셨지요.

그 선물들과 더불어 이것들을 더욱 값나가게 할

달콤한 말씀도 함께 주셨지요.

이제 그 향기 사라졌으니 이 선물들 도로 가져가세요.   100

주는 자의 마음에 진심이 깃들지 않으면

아무리 값나가는 선물도 하찮게 된답니다. 자, 받으세요.

햄릿 하하! 그대는 정숙한가?

오필리아 무슨 뜻인지요, 왕자님?

햄릿 그대는 아름다운가?   105

오필리아 무슨 말씀이신지?

햄릿 그대가 아름답고 정숙하거든, 그대의 미모와 그대의 정숙함이 상종하게 해서는 아니 되오.

오필리아 왕자님, 아름다움이 정숙함보다 우선한다는 말씀이십니까?   110

햄릿 그래, 바로 그렇소. 아름다움이 정숙함을 뚜쟁이로 바꾸어 놓는 편이 정숙함이 아름다움을 바꾸어 놓는 것보다 빠를 테니 말이오. 예전에는 이 말이 얼토당토않은 것이었지만 요즘 세상에서는 사실이오. 나도 한때는 그대를 사랑했다오.   115

오필리아 정말 그러셨어요. 왕자님께서는 진정 저로 하여금 그렇게 믿게 하셨죠.

햄릿 그대는 나를 믿지 말았어야 했소. 옛 등걸에는 아무리
미덕을 접붙여 봐야 흔적이 남는 법이오. 나는 그대를 사
랑하지 않았소.   120

오필리아 그렇다면 제가 더욱 속은 셈이군요.

햄릿 수녀원[30]으로 가시오. 어째서 그대는 죄인들의 어미가
되려 하는 거요? 나 자신도 한없이 정숙하지만, 그럼에
도 불구하고 내 어머니의 몸에서 잉태되지 않았으면 좋
았을 거라고 스스로를 책망하고 있소. 나는 매우 거만한   125
인간일 뿐 아니라 야심과 경멸에 차 있으며, 상상 이상의
죄악을 실행에 옮길 준비가 되어 있는 사람이라오. 하늘
과 땅 사이를 기어다니는 나와 같은 사람이 도대체 무슨
일을 해야 한단 말이오? 우리들은 모두가 불한당들이오.
그러니 누구도 믿지 말고 수녀원으로 가시오. 그대의 부   130
친은 어디 계시오?

오필리아 집에 계십니다.

햄릿 제발 문을 단단히 걸어 잠그시오. 집 밖에서 어리석은
짓을 하지 않도록 말이오. 그럼 잘 가시오.

오필리아 아, 하늘이여, 왕자님을 보호하소서!   135

햄릿 그대가 결혼하거든, 그대의 지참금으로 이 저주를 선물
하리라. 얼음처럼 정숙하고 눈처럼 순결하다 할지라도 그
대는 비방을 면치 못하리. 수녀원으로 가시오. 그럼 안녕

30 이를 매음굴이라 주석하거나 번역하는 경우도 있는데, 그 근거는 분명하지
않다. 수녀원을 매음굴이라고 비하한 것은 종교 개혁 이후 가톨릭에 대한 일부 종
파의 정서에서 비롯된 것으로, 보편적인 것으로 해석하거나 받아들이는 것은 위험
하다.

히. 그러나 꼭 결혼을 하려거든 바보와 하시오. 똑똑한 사
내들은 그대가 자신들을 무슨 괴물로 만들어 버릴지 알고   140
있으니.[31] 수녀원으로 가시오. 지금 당장. 잘 가시오.

오필리아 천군 천사들이여, 왕자님의 정신을 돌려주소서.

햄릿 나는 그대의 화장에 대해 들어서 알고 있소. 하느님이
주신 얼굴을 그대는 다른 얼굴로 만들어 버리오. 그대는
춤추고, 뽐내며 걷고, 하느님의 피조물들에 별명을 붙이   145
고, 그대의 음탕함을 무지의 탓으로 돌리지. 염병할, 더러
운 짓거리요. 더 이상 참을 수가 없소. 미칠 지경이오. 이
제 결혼과는 상관하지 않겠소. 이미 결혼한 사람들은 한
사람[32]만 제외하고 그대로 살게 될 것이오. 나머지는 지
금처럼 독신으로 지내게 될 것이오. 수녀원으로 가시오.   150

(퇴장)

오필리아 아, 더없이 고귀하신 영혼이 이렇게 망가지다니!
조신의 눈이요 군인의 칼이며 학자의 혀,
나라의 희망이자 기대, 맵시의 거울이며 예법의 귀감,
모든 사람들이 우러러보던 이가 이렇게 완전히 무너지다니!
음악 같던 그분 맹세의 달콤함을 맛보았던 나는   155
이제 여인들 중 가장 처량하고 비참한 자가 되었구나.
그 고귀하고 빼어나던 이성이
이제는 은은했던 화음 잃어버리고
거칠게 깨진 소리만 내는 종이 되었구나.

31 결혼한 여자가 바람을 피우면 남편의 이마에 뿔이 난다고 믿었다.
32 어머니와 결혼한 현재의 국왕.

피어나던 청춘의 비할 데 없던 외모와 자태 160
광기로 다 시들어 버렸구나. 내 가련한 신세여!
전에 보았던 것과 딴판인 것을 그 눈으로 다시 보게 되다니.

왕과 폴로니우스 등장.

왕 사랑? 그의 마음은 그쪽에 쏠려 있지 않소.
그가 말하는 것도, 비록 약간 갈피 없긴 해도
미친 것과는 다르오. 165
우울증이 둥지를 틀고 있는 그의 영혼 속에
무엇인가가 도사리고 있소.
이것이 알을 깨고 나오면 틀림없이 위험천만이오.
그 위험을 미리 막기 위해 이 자리에서 결심했소.
밀린 조공을 받아 오라는 명을 내려 170
세자를 지체 없이 영국으로 보내겠소.
여러 이국 풍물과 바다와 다른 나라들을 보면
그의 머리를 계속해서 짓눌러
평상시와 다른 기행을 하게 하는
그의 가슴속에 맺힌 무엇인가가 풀릴 것이오. 175
경의 생각은 어떻소?

폴로니우스 좋은 생각입니다. 그렇지만 소신의 생각에
왕자의 슬픔의 근원과 시작은 버림받은 사랑 때문입니다.
그래, 어떠냐, 오필리아? 햄릿 왕자가 말했던 것은
우리에게 말하지 않아도 된다. 180

폐하께서 원하시는 대로 하시지요.

그러나 폐하께서 괜찮으시면 연극이 끝난 후에

왕비마마께서 홀로 왕자님을 만나 단도직입적으로

왕자님의 슬픔에 대해 대화를 나누게 하소서.

소신은 숨어서 모자간 대화를 엿듣겠습니다.   185

왕비마마께서도 그 원인을 찾아내지 못하신다면

그때는 왕자님을 영국으로 보내시지요. 아니면 폐하께서

적절하다고 생각하시는 곳에 가두시든지요.

왕   그렇게 하겠소.

지체 높은 자들의 광기를 그냥 두어서는 아니 되는 법이오.

(퇴장)

제2장

햄릿과 세 명의 배우들 등장.

햄릿 대사는 내가 자네에게 가르쳐 준 대로 혀끝으로 가볍게
  읊어 주기를 부탁하네. 정녕 자네들 배우들이 으레 그리
  하듯 과장하여 읊어 댈 요량이라면, 그런 배우에게 내 대
  사를 맡기느니 차라리 마을 황소가 울부짖는 소리를 듣
  는 편이 나을 걸세. 양손으로 톱질하듯, 공중을 가르지   5
  말고 모든 연기를 절도 있게 해주게. 무언극이나 소란밖
  에 이해하지 못하는 그런 무지렁이들의 귀를 찢어 놓을

심산이라도 있는 양 격정을 갈기갈기 찢어 넝마로 만들어 버리는, 요란한 가발 쓴 녀석의 대사를 들으면 영혼 속까지 기분이 나빠진다네. 그런 녀석들은 요란한 이방 10 의 신 터마겐트[33]보다 더한 녀석들로, 회초리로 때려 주고 싶다네. 헤롯[34]보다 더 헤롯 같은 놈들이지. 그런 것 만은 제발 피해 주게.

제1배우 꼭 그러겠습니다.   15

햄릿 하지만 그렇다고 너무 맥이 없어서도 안 되네. 자신의 분별력을 선생 삼아서 행동을 말에, 말을 행동에 맞추되 특별히 자연스러움을 넘어서서는 안 되네. 지나치면 연극의 목적에서 벗어나는 법이라네. 연극이란 옛날이나 20 지금이나, 말하자면 자연에다가 거울을 비추어서 미덕의 본모습을 보여 주며, 가식을 경멸하고 시대의 모습을 있는 그대로 보여 주는 것이라네. 이를 넘어서거나 이에 미치지 못하면 무식한 자들을 웃게 할 수는 있을지 몰라도 25 연극을 볼 줄 아는 사람들의 통탄을 자아내는 법이네. 그한 사람의 판단이 극장 전체에 들어찬 관객들의 생각보다 소중하다네. 아 글쎄, 어떤 배우들 중에는 이교도 신자의 억양도 지니지 못하고 심지어는 기독교라고도, 이 30 교도라고도, 인간이라고도 할 수 없는 소란스러운 걸음 걸이로 쿵쿵거리는 자도 있어서, 나는 그 꼴을 보며 조물

---

33 중세극에 나오는 소란스러운 이방의 신 이름.
34 성서에 나오는 유대의 왕. 중세극에서는 흔히 지나치게 분노해 떠들어 대는 희극적인 인물로 제시되었다.

주의 견습공이 형편없이 만들어 놓은 작자들이라고 생각
했을 정도였네. 그런데도 사람들은 이런 작자들에게 칭
찬을, 그것도 진짜로 극찬을 아끼지 않더군.

제1배우 왕자마마, 저희 극단의 배우들은 지금 말씀하신 그
런 연기를 상당히 고쳤습니다.

햄릿 깡그리 고치도록 하게. 또한 명심하게. 자네의 광대로
하여금 각본에 있는 그대로만 떠들게 해야 하네. 극의 줄
거리를 따라가야 함에도 불구하고 일부 멍청한 관객들을
웃겨 볼 요량으로 스스로 웃어 젖히는 녀석들이 있으니
까 하는 말일세. 이것은 아주 고약한 짓으로, 관객을 웃
겨 보려는 광대의 형편없는 야심에서 나온 것이네. 자,
이제 가서 준비를 하게.   (배우들 퇴장)

폴로니우스, 로젠크란츠, 길던스턴 등장.

그래, 어떻소? 폐하께서도 이 연극을 관람하실 의향을 보
이셨소?

폴로니우스 왕비마마와 함께 곧 참석하실 것입니다.

햄릿 배우들더러 서두르라 하시오.   (폴로니우스 퇴장)
자네들도 서두르도록 도와주겠나?

로젠크란츠 그리하겠습니다.   (로젠크란츠와 길던스턴 퇴장)

햄릿 어이, 호레이쇼!

호레이쇼 등장.

호레이쇼 여기 대령하였습니다, 왕자마마.

햄릿 호레이쇼, 자네야말로 진정 내가   55

　지금껏 겪어 온, 가장 공정한 사람이네.

호레이쇼 아니, 무슨 말씀을.

햄릿　　　　　　　　　　　아닐세, 아첨이라 여기지 말게.

　선량한 영혼 말고는 먹을 것, 입을 것도 없는

　자네 같은 가난한 자에게 아첨해서

　무슨 출세를 바라겠는가?   60

　사탕발림한 혀들이나 허세를 빨고 알랑거려

　이득이 생기는 곳에 무릎을 굽히라지. 안 그런가?

　내 고귀한 영혼이 스스로 선택을 하고

　사람을 분간하여 짝을 고를 수 있게 된 이래로

　나는 자네를 영혼의 친구로 찍어 놓았네.   65

　그대는 온갖 고통 당하여도 표 안 내고

　운명의 여신이 주는 상과 벌을

　똑같이 고마운 마음으로 받아들이는 사람이네.

　이성과 열정이 너무나 잘 조화를 이뤄,

　행운의 여신의 손가락이 원하는 대로 가락을 내는   70

　그런 피리 같지 않은 사람은 복 받은 사람이지.

　격정의 노예가 아닌 그런 사람을 내게 데려다주게.

　그러면 그자를 자네처럼 내 가슴 한복판

　심장 깊숙한 곳에 지니고 다니겠네.

　이 이야기는 그만하세.   75

　오늘 밤 국왕이 보는 데서 연극 공연이 있는데

그중 한 대목이 내가 자네에게 말해 주었던
아버님의 죽음과 흡사하다네.
부디 그대 정신의 주도면밀함을 다해
무대 발치에서 숙부의 표정을 잘 살펴봐 주게.　　　　　80
만일 어떤 대사에서도 그의 숨은 죄가
본색을 드러내지 않는다면
우리가 본 것은 악마가 틀림없고
나의 상상은 불칸[35]의 대장간만큼이나 지저분한 것이니,
숙부를 잘 관찰해 주게나.　　　　　85
나도 두 눈을 왕의 얼굴에 고정시킬 작정이네.
나중에 우리 두 사람의 의견을 합쳐서
그의 거동에 대한 판단을 내리세.

호레이쇼　　　　　　　　　　잘 알겠습니다.
연극 중에 국왕이 은밀히 제 눈을 훔치는 일이 생긴다면
그 도둑맞은 책임은 소신이 지겠습니다.　　　　　90

트럼펫 소리, 북소리, 주악 소리.

햄릿　저기 구경꾼들이 오는군. 빈둥거리는 척해야겠네.
자네도 자리를 잡게나.

왕과 왕비, 폴로니우스, 오필리아, 로젠크란츠,

35 절름발이인 대장장이 신으로 비너스의 남편이다.

길던스턴과 다른 시종들이
횃불을 든 왕의 호위병들과 함께 등장.

왕 세자 햄릿, 그간 어떻게 지내고 있느냐?[36]

햄릿 카멜레온 요리로 아주 잘 지내고 있습니다. 약속으로
　　가득 찬 공기를 먹고 살죠.[37] 그러나 식용 수탉에게 공기　　95
　　만 먹일 수는 없을 것입니다.

왕 세자, 무슨 대답인지 통 알 수가 없구나. 과인의 얘기는
　　그런 뜻이 아니다.

햄릿 맞습니다. 제 대답도 아닙니다. (폴로니우스에게) 경은
　　대학 시절 연극을 했다 했소?　　100

폴로니우스 그렇습니다, 왕자마마. 훌륭한 배우라는 평을 들
　　었습니다.

햄릿 무슨 역할을 했소?

폴로니우스 줄리어스 시저 역입니다. 원로원에서 살해당했
　　죠. 브루투스가 저를 죽였습니다.　　105

햄릿 그렇게 살찐 송아지를 죽이다니 그 친구 참 잔인했군.[38]
　　자, 배우들은 준비됐는가?

로젠크란츠 그렇습니다. 왕자마마께서 분부만 내리시길 기다
　　리고 있습니다.

　　36 *How fares our cousin Hamlet?* 〈무얼 먹고 사느냐?〉라는 의미를 함축한 중
의적인 문장. 햄릿은 왕의 의도와는 다른 뜻으로 해석한다.
　　37 셰익스피어 시대에는 카멜레온이 공기를 먹고 산다고 여겨졌다.
　　38 브루투스Brutus의 이름에서 〈잔인한brutal〉이라는 단어를 떠올리며 햄릿이
말장난을 하고 있다.

왕비 아들아, 이리 와서 어미 곁에 앉아라. 110

햄릿 아닙니다, 정녕 여기 더 끌어당기는 쇠붙이가 있군요.

(오필리아 쪽으로 향한다)

폴로니우스 (국왕에게 방백) 허허! 폐하, 저것 보셨습니까?

햄릿 (오필리아의 발치에 누우며) 아가씨, 무릎 사이에 머리를
누이도록 허락해 주시겠소?

오필리아 아니 되옵니다, 왕자님. 115

햄릿 무릎 위에 말이오.

오필리아 그리하옵소서.

햄릿 그래, 내가 촌스러운 짓[39]을 뜻한 줄 알았소?

오필리아 아무 생각도 하지 않았습니다.

햄릿 처녀의 무릎 사이에 눕는다는 것은 지극히 온당한 생각 120
이오.

오필리아 무슨 말씀이신지요?

햄릿 아무것도 아니요.

오필리아 즐거워하시는군요.

햄릿 누가, 내가 말이오? 125

오필리아 그렇습니다.

햄릿 난 희극 작가일 뿐이오. 즐거워하는 일 말고 사람이 할
수 있는 게 뭐겠소. 부친이 돌아가신 지 2시간도 지나지

---

39 *country matters.* 〈음탕한 짓〉이라는 의미다. 시골을 의미하는 단어와 여성
의 자궁을 의미하는 속어의 발음이 유사하기 때문에 이러한 말장난이 가능하다. 그
러나 셰익스피어 사후에 출간된 사절판에는 〈그래, 내가 그 반대의 것을 말한 줄 알
았소?〉라고 되어 있어 〈무릎 사이에 눕다〉 혹은 〈무릎 아래에 눕다〉라는 의미를 나
타냄으로써 좀 더 적나라하게 성적인 의미를 강조하고 있다.

않았는데 어머니가 얼마나 즐거워하시는지 좀 보시오.

오필리아 아닙니다, 왕자님. 두 달의 두 배가 지났습니다.   130

햄릿 그렇게 오래되었단 말이오? 그렇다면 상복은 악마한테
나 입으라 하고, 나는 검은색 담비 옷이나 입어야겠소.
맙소사, 두 달이나 지났는데 아직도 못 잊었다니! 위대한
사람에 대한 기억이 사후 반년은 지속될 희망이 있는 셈
이군. 그러나 성모 마리아께 맹세코, 그러려면 교회당을   135
지어야 하오. 안 그랬다가는 목마와 더불어 잊힐 것이니.
그 목마의 묘비에는 〈애석, 애석하게도 목마는 잊혔다〉[40]
라고 쓰여 있지.   (트럼펫 소리 후 무언극이 시작된다)

무언극의 왕과 왕비가 서로 포옹하며 등장.
왕비가 무릎을 꿇고 왕에게 맹세의 몸짓을 해 보이자,
왕이 왕비를 안아 일으키고 왕비의 목에 자신의 머리를 갖다 댄다.
왕은 화단에 눕고 그가 잠든 것을 본 왕비는 자리를 뜬다.
곧이어 다른 남자가 등장해서 왕의 왕관을 집어 들고
입을 맞춘 후, 잠든 왕의 귀에 독약을 붓고는 자리를 뜬다.
왕비가 돌아와서 왕이 죽어 있는 것을 보고는
격렬한 몸짓을 한다.
독약을 부었던 자가 서너 명의 사람들과 함께 다시 등장하여
왕비를 위로하는 듯한 시늉을 한다. 시체를 치우고
독살자는 선물을 주며 왕비에게 구혼한다.

40 오월제 같은 축제에서, 혹은 민속춤을 출 때 부르던 노래의 일부.

왕비는 얼마간 쌀쌀맞게 굴다가

마침내 그의 사랑을 받아들인다.

(무언극 배우들 퇴장)

오필리아 이게 무슨 뜻입니까, 왕자님?

햄릿 저런, 이건 〈미칭 말리코〉라고, 음모라는 뜻이오.　　140

오필리아 아마도 이 무언극이 극의 대강을 알려 주는 것이겠

　　군요.

해설자 등장.

햄릿 저자가 알려 줄 것이오. 배우들이란 비밀을 지키지 못

　　하는 자들이니 다 말하겠지.

오필리아 저자가 무언극의 의미를 말해 준다고요?　　145

햄릿 그렇소. 그대가 저자에게 볼거리를 주면 그 뜻도 설명

　　해 줄 거요. 그대가 보여 주는 것을 부끄럽게 여기지만

　　않는다면, 저자도 부끄러움 없이 말해 주리다.

오필리아 왕자님도 참 짓궂으시군요, 짓궂으세요. 전 연극이

　　나 보겠어요.　　150

해설자 저희들을 위하여, 저희들의 비극을 위하여

　　여기 머리 숙여 여러분의 자리를 비오니

　　끝까지 잘 들어 주시기를 간청하나이다.　　(퇴장)

햄릿 이게 해설이오, 아니면 반지에 새긴 글귀요?

오필리아 정말 짧군요.　　155

햄릿   여인의 사랑처럼 말이오.

왕과 왕비로 분장한 배우들 등장.

배우 왕   사랑이 우리의 마음을, 결혼의 신 하이멘이
　　우리의 두 손을 더없이 성스러운 언약 가운데
　　하나로 묶어 준 이래 태양신의 전차는
　　넵튠의 짠물과 둥근 대지를 서른 번 돌았고　　　　　160
　　서른의 열두 갑절, 달님은 빌려 온 빛으로
　　열둘의 서른 갑절, 대지를 비추었소.
배우 왕비   우리의 사랑이 다하기 전에
　　달님과 해님의 여행을 그만큼 또
　　우리가 셀 수 있기를 바라나이다.　　　　　165
　　그러나 임께서 요사이 너무나 연약하시고 전과 달리
　　즐거움 멀리하시니 걱정이 태산, 마음이 아픕니다.
　　그러나 제 걱정 괘념치 마소서.
　　여인의 걱정과 사랑하는 마음은 비례하는 것이라
　　없을 때는 하나 없고, 있을 때는 넘치나이다.　　　　　170
　　제 사랑이 어떠한지는 임께서 겪어 아시나니
　　제 사랑만큼이나 걱정도 크답니다.
　　사랑이 크면, 사소한 것도 걱정거리 되옵고
　　잔걱정 커지면, 사랑도 그 따라 커진답니다.
배우 왕   정녕 그대를 두고 내가 먼저 떠나게 될 거요.　　　　　175
　　이제 심신의 기력이 다한 것 같소.

당신은 남아 이 좋은 세상에서 존경과 사랑 받으며 사시오.

그리고 좋은 사람 있으면

남편으로 맞아 —

배우 왕비　　　　그런 말씀 마세요.

그런 사랑은 이 가슴에 반역이랍니다. 　　　　　180

가하게 되면 이 몸이 저주를 받으리.

첫 남편 죽인 여자 아니고서야 개가하는 법 없지요.

햄릿　(방백) 소태같이 쓰구나.

배우 왕비　개가할 마음 생기는 것은

사랑이 아니라 더러운 이해타산 때문이랍니다. 　　　185

둘째 번 남편이 침상에서 저에게 입 맞추는 날

저는 돌아가신 낭군을 두 번 죽이게 될 겁니다.

배우 왕　당신의 그 말, 진심이라 믿고 있소.

우리의 결심은 그러나 흔히 깨지는 법이오.

우리의 결심이란 기억의 노예라 　　　　　190

요란하게 태어나지만 버틸 힘은 약하다오.

과일이 설었을 적엔 나무에 매달려 있지만

영글면 저절로 땅에 떨어지는 법이오.

자신에게 진 빚을 잊어버리고 갚지 않는 것은

어찌 보면 필연이오. 　　　　　195

감정이 격할 때 하는 결심

그 감정 사라지고 나면 잊힌다오.

격렬한 슬픔이나 기쁨은

그 타오르는 힘으로 스스로를 파괴하는 법이오.

기쁨이 가장 큰 곳에 슬픔도 가장 크다오. 200

사소한 일로 슬픔은 기쁨이 되고 기쁨은 슬픔이 되오.

이 세상에 영원한 것 없으니, 우리의 사랑 또한

우리의 행운과 더불어 변한다 해도 이상할 것 없소.

사랑이 행운을 끌고 가는지,

행운이 사랑을 끌고 가는지는 205

아직 모를 일이지만.

고관대작 무너지면 총애하던 자 도망치고

비천한 자 출세하면 적도 친구되는 법이니

이곳에서는 사랑이 행운을 따르고 있소.

풍족한 자는 친구 가뭄 없지만 210

궁핍한 자가 신의 없는 친구 시험하게 되면

곧장 친구마저 적으로 만든다오.

처음 시작했던 곳에서 내 말 끝내자면

생각은 우리 것이지만,

그 결과는 우리 것이 아니라오. 215

재혼하지 않을 거라고 생각하지만

첫 남편 죽고 나면 그 생각도 따라 죽게 될 거요.

배우 왕비 과부 되었다가 이 몸이 개가한다면

땅은 먹을 것을, 하늘은 빛을 주지 마시고

밤낮으로 안식과 즐거움 거둬 가시리. 220

믿음과 희망은 절망으로 변하고

갇힌 은둔자처럼 꼼짝 못 하고

행복의 얼굴 창백케 하는 모든 절망은

나의 소망 모두 다 부수어 버리고

이승에서나 저승에서나 내 영원한 고통으로 따라다니리.　　225

햄릿　이제 저 맹세를 깬다면.

배우 왕　그 맹세 깊기도 하오, 부인.

잠시 혼자 있고 싶소. 정신이 혼미해지니

지루한 시간, 잠으로 잊고자 하오.

배우 왕비　　　　　　　　　　편히 잠드십시오.

우리 사이에 결코 재앙이 끼어들지 않기를!　　230

　　　　　　　　　　(왕 잠들고 배우 왕비 퇴장)

햄릿　어머니, 연극이 마음에 드시는지요?

왕비　왕비가 너무 지나친 맹세를 하는 것 같구나.

햄릿　그렇지만 자신의 맹세를 지킬 겁니다.

왕　왕자는 극의 대강을 알고 있는가? 그 가운데 지나친 대목

은 없는가?　　235

햄릿　조금도 없습니다. 그저 장난으로 하는 독살, 장난 어린

독살뿐이지요. 역겨운 것은 조금도 없나이다.

왕　이 연극의 제목이 무엇이더냐?

햄릿　〈쥐덫〉입니다.[41] 무슨 의미냐고요? 비유적인 덫이죠. 비

엔나[42]에서 일어났던 살인 사건을 그린 내용입니다. 공　　240

작의 이름은 곤자고이고, 부인의 이름은 뱁티스타죠. 아

바마마, 흉악한 이야기이긴 하지만, 그게 무슨 상관이 있

---

41 앞서 말한 「곤자고의 살인」 대신, 햄릿이 왕의 양심을 잡겠다는 자신의 계획
에 맞춰 제목을 바꿔 말한 것이다.

42 사절판에는 남아메리카의 북동 열대 지역인 기아나로 되어 있다.

겠습니까? 죄 없는 폐하나 저하고는 아무 상관이 없는 것입니다. 상처 입은 말이나 발길질을 해대라고 하시는 편이 ──

루시아누스 등장.

저자는 왕의 조카인 루시아누스라는 자입니다.

오필리아 왕자님은 코러스처럼 능통하시군요.

햄릿 그대의 꼭두각시놀음도 보여 주기만 한다면, 그대의 연애도 해설해 드리겠소.

오필리아 칼날처럼 날카로우시군요. 날카로우세요.   250

햄릿 그 날카로움을 무디게 하려면 당신은 신음 소리깨나 내야 할 거요.[43]

오필리아 좋아지는가 하면 더 나빠지는군요.

햄릿 그대들은 그런 식으로 남편을 택하지 않지.[44] 자, 시작하라, 살인자여. 흉측한 표정은 집어치우고 시작하라.   255
자, 꽥꽥거리는 까마귀도 복수하라 울부짖는구나.

루시아누스 생각 검고, 손 날쌔고, 독약 준비됐고, 기회 알맞다.
시간도 한패가 되어 보는 사람 하나 없구나.
한밤중 모은 독초에서 뽑아낸 너 고약한 독약아,
헤카테[45]의 저주로 세 번 시들고 세 번 독기 머금은   260

43 음란한 성적 농담. 자신의 뼈 있는 농담을 곧추선 성기에 비유하여, 그것을 흐느적거리게 하려면 여자가 신음 소리깨나 내야 할 것이라는 암시다.

44 〈좋아지는가 하면 나빠진다〉라는 오필리아의 말을 결혼식의 맹세 중 〈좋을 때나 나쁠 때나〉라는 말로 받아들여 여자들의 정조 경박함을 비난하고 있다.

너의 자연스러운 마법과 무서운 힘으로

건강한 생명을 즉시 찬탈하라.[46]

(독약을 잠자는 왕의 귀에 부어 넣는다)

햄릿 저자는 자리가 탐이 나서 왕을 정원에서 독살하지. 저

자의 이름은 곤자고요. 이 이야기는 실재하는 것으로 훌

륭한 이탈리아어로 쓰여 있소. 저 살인자가 곤자고 부인   265

의 사랑을 어떻게 얻게 되는지 곧 보게 될 거요.

오필리아 폐하께서 일어나십니다.

햄릿 아니, 겨우 오발탄에 놀라신 건가?

왕비 상감마마, 괜찮으십니까?

폴로니우스 연극을 중단하라.   270

왕 횃불을 밝혀라! 물러서라.

폴로니우스 불, 불, 횃불을 밝혀라!

(햄릿과 호레이쇼만 남고 모두 퇴장)

햄릿   그래, 화살 맞은 사슴더러 가서 울라 하라.

상처 없는 수사슴은 뛰놀고.

자는 사람이 있으면 깬 자도 있는 법.   275

이게 세상 이치니까.

여보게, 어떤가? 이 정도면 남아 있는 내 운명이 전도되어

팔자 기구해질 때, 찢어진 구두 틈새에 장미꽃을 꽂고 털

모자에 깃털만 달면 나도 배우들 무리에서 한자리 차지

할 만하지 않겠는가?   280

45 고전 신화에 나오는 마법의 여신.
46 일부 비평가들은 이 대사를 햄릿 자신이 써 넣은 것으로 간주하기도 한다.

호레이쇼 절반 자리는 되겠습니다.

햄릿 아니 온전한 한 자리일세.

  아, 사랑하는 다몬[47]이여, 그대도 알듯이

  이 나라는 제우스 신 같은 분이 자리를 빼앗기고

  이제 그 자리에   285

  틀림없는 불한당이 앉아 있다네.

호레이쇼 거의 운을 맞출 뻔했습니다.

햄릿 그래, 호레이쇼, 덴마크에 있는 온갖 재화보다 더한 것
  을 준다 해도 차라리 그 유령의 말을 믿겠네. 보았는가?

호레이쇼 똑똑히 보았습니다.   290

햄릿 독살하는 대목에서?

호레이쇼 뚫어져라 왕을 살폈습니다.

햄릿 놀랍군! 자, 음악을 울려라. 자, 피리꾼들을 불러라.

  왕이 비극을 좋아하지 않는다면

  아마, 맹세코 이 극을 좋아하지 않으리니.   295

 자, 음악을 울려라.

로젠크란츠와 길던스턴 등장.

길던스턴 왕자마마, 제게 한 말씀만 드릴 기회를 주시기 바랍
  니다.

햄릿 이야기를 풀어 놓아도 좋네.

47 전원시에 나오는 충실한 목동.

길던스턴 폐하께서 — 300

햄릿 폐하가 어쨌단 말인가?

길던스턴 폐하께서 내전에 들어가셔서 몹시 불쾌해하고 계
시옵니다.

햄릿 술 때문인가?

길던스턴 아닙니다. 화 때문입니다. 305

햄릿 화병은 의사에게 고하는 것이 경의 현명한 처사 아니겠
나? 내가 이 화를 빼내려고 해봐야 상감을 더한 화병으
로 몰아넣기 십상일 걸세.

길던스턴 왕자마마, 제발 이치에 맞는 말씀을 하시고 그런 식 310
으로 저를 따돌리지 마소서.

햄릿 그럼 순해지지. 용건을 말해 보게.

길던스턴 왕자마마, 왕비마마께서 몹시도 성을 내시며 소신
을 보내셨습니다.

햄릿 잘 왔네. 315

길던스턴 아닙니다, 왕자마마. 그런 말씀은 소신에게 적합하
지 않사옵니다. 사리에 맞는 대답을 해주실 요량이시라
면 왕비마마의 분부를 아뢰겠나이다. 그게 아니시라면
실례를 무릅쓰고 물러가겠나이다. 320

햄릿 그럴 수 없네.

길던스턴 무슨 말씀이신지?

햄릿 사리에 맞는 대답을 할 수 없단 말이네. 내 정신이 병들
어 있다네. 그러나 경의 분부, 아니 자네가 전한 내 어머
니의 분부에 대해서는 요령껏 대답을 할 작정이네. 그러 325

니 이 얘기는 그만하고 용건을 말해 주게. 자네 얘기로는
내 어머니가 —

로젠크란츠 왕비마마께서 말씀하시기를 왕자마마의 행동이
놀랍고 기가 막힌다고 하셨습니다.

햄릿 어머니를 그처럼 놀라게 할 수 있다니 아, 얼마나 놀라 330
운 아들인가! 그러나 어머니의 기겁하심에 바짝 뒤따르
는 후속타는 없단 말인가? 그걸 말해 주게.

로젠크란츠 왕비마마께서는 왕자마마께서 주무시기 전에 내
전에서 말씀을 나누고자 하십니다.

햄릿 열 배나 내 어머니 되시는 양 그 분부를 따르겠네. 그대 335
들은 내게 더 볼일이 남아 있는가?

로젠크란츠 왕자마마께서는 한때 소신들을 사랑하셨죠.

햄릿 이 손가락과 소매치기에게 맹세코, 지금도 그러하네.

로젠크란츠 그러하시면, 왕자님의 정신이 산란한 이유는 무
엇이옵니까? 마음의 슬픔이 있는데도 그것을 친구들에 340
게 말씀하시지 않음은 틀림없이 마음 문의 빗장을 걸어
잠그시는 겁니다.

햄릿 출세를 못 해서 그렇다네.

로젠크란츠 덴마크의 후계자로 상감마마의 지명을 받으신 분
이 어떻게 그러한 말씀을 하십니까? 345

햄릿 할 수 있다네. 풀이 자라는 동안 —[48] 이건 너무 진부한
격언이군.

---

48 〈풀이 자라는 동안 말은 굶어 죽는다〉라는 격언.

배우들이 피리를 들고 등장.

아, 피리로군. 어디 보세. 그런데 은밀한 얘기를 좀 하고
싶은데, 자네들은 무슨 연유로 마치 덫으로 몰아넣어야
할 사냥감처럼 이렇게 나의 냄새를 쫓아다니나?   350

길던스턴 소신의 임무가 너무나 막중하다 보니, 왕자님에 대
한 소신의 사랑이 예의를 벗어났나 봅니다.

햄릿 사랑이 얼마나 무례한지는 나도 잘 알고 있지. 청컨대,
이 피리를 불어 보겠나?

길던스턴 아니오, 불 줄 모릅니다..   355

햄릿 그러지 말고 불어 보게나.

길던스턴 정말이지 불 줄 모릅니다.

햄릿 제발, 청컨대.

길던스턴 만져 본 적도 없습니다.

햄릿 거짓말하는 것만큼이나 쉽다네. 네 개의 손가락과 엄지   360
로 이 구멍을 막고 입으로 바람을 불어넣으면 아주 근사
한 음악 소리가 난다네. 보게나, 여기 이 구멍들이 손가
락을 대는 곳이네.

길던스턴 그러나 소신은 이 구멍들을 요리하여 조화로운 소
리를 낼 재주가 전혀 없습니다.   365

햄릿 그렇다면 도대체 자네들은 나를 얼마나 하찮은 인사로
보는 것인가? 자네들은 나의 피리 구멍을 알고 있기라도
하듯 나를 가지고 놀지 않나? 또한 내 마음의 가장 깊숙
한 곳을 파악하고, 내 영혼의 비밀을 캐내려 하는 자들이

아닌가? 빌어먹을, 내가 피리보다 더 가지고 놀기 쉬운 370
인간이라고 생각하는 건가? 자네들이 나를 무슨 악기라
부르든, 또 나를 아무리 안달 나게 한들, 나를 가지고 놀
수는 없을 걸세.

폴로니우스 등장.

안녕하시오, 나으리. 375

폴로니우스 왕자마마, 왕비마마께서 곧장 말씀을 나누고 싶
어 하십니다.

햄릿 혹시 경의 눈에도 저기 떠 있는, 낙타 모양을 한 구름이
보이는가?

폴로니우스 정말 낙타 같군요. 380

햄릿 아니, 내 생각에는 족제비 같군.

폴로니우스 등이 족제비 같군요.

햄릿 아니, 고래 같기도 하고.

폴로니우스 정말 고래 같군요.

햄릿 그럼 곧장 가겠다고 어머니께 전하시오. (방백) 저자들 385
이 나를 바보로 여기고 최대한으로 가지고 놀고 있군.
(폴로니우스를 향해) 곧장 가겠다고 전하시오.

폴로니우스 그렇게 전하겠나이다. (퇴장)

햄릿 〈곧장〉이라, 말은 쉽구나. 친구들, 그럼 물러가게.
(햄릿만 남고 모두 퇴장)

이제 마녀들이 나타날 밤중이군. 무덤들은 아가리를 벌리고, 390

지옥도 이 세상에다 독기를 뿜어내는 시간이구나.

낮에는 부들부들 떨려 바라볼 수도 없는 끔찍한 일을

이제는 뜨거운 피를 마시고 할 수도 있겠구나.

가만, 이제 어머니한테 가봐야지.

아, 가슴이여, 그대의 천성을 잃지 말아 주오.   395

이 단단한 가슴에 네로의 영혼 침범하지 않게 해주오.

잔인하지만 인륜을 저버리지는 않게 해주오.

비수를 꽂는 말은 하겠지만 칼을 쓰지는 않으리.

이 점에서는 혀와 마음이 따로 놀게 해다오.

내 아무리 어머니께 심한 비난을 해대도   400

그 말에 도장을 찍는 건 내 영혼이 동의하지 못하리. (퇴장)

제3장

왕, 로젠크란츠, 길던스턴 등장.

왕 과인은 세자가 못마땅하거니와

그의 광기가 활개 치게 놔두면 짐의 안전도 위태할 것이오.

따라서 그대들은 채비를 하시오.

그대들의 임무는 이제 결정하겠지만

세자도 그대들과 함께 영국으로 가게 될 것이오.   5

국왕의 자리란 세자의 이마로부터 매시간 자라 나오는

그런 위협을 방치해서는 안 되는 법이오.

길던스턴   채비를 하겠나이다.

폐하의 은총을 먹고 사는 수많은 백성들을

안전하게 지키심이야말로

더없이 신성하고 거룩한 성덕이옵니다.   10

로젠크란츠 일개 범인도 해악을 물리치기 위해서는

온 마음의 각오를 단단히 합니다.

하물며 만백성의 목숨이 그 안녕에 달려 있는

폐하의 마음이야 어떠하시겠습니까.

국왕의 서거는 혼자만의 것이 아니라   15

소용돌이처럼 그 주변 것들을 끌어들입니다.

아니, 군왕은 높은 산꼭대기에 놓여 있는

거대한 수레바퀴 같으매, 그 바퀴살에

헤아릴 수 없는 아랫것들이 엉켜 붙어 있어서

바퀴가 굴러 내려가기 시작하면   20

작은 부속들은 큰 소리와 함께 재앙을 만납니다.

왕이 한숨지으시면,

만백성이 통곡하게 됩니다.

왕 청컨대 곧장 항해할 채비들을 하시오.

너무나 자유롭게 활보하고 있는 이 위험에   25

족쇄를 채워야겠소.

로젠크란츠   소신들은 서두르겠나이다.

(로젠크란츠와 길던스턴 퇴장)

폴로니우스 등장.

폴로니우스   폐하, 세자가 어머니의 내실로 가고 있습니다.

소신은 휘장 뒤에 숨어서 대화를 엿듣겠습니다.

장담하건대 여왕마마가 세자를 심히 책망할 것입니다.

현명하신 폐하께서 말씀하신 대로   30

모자의 정이란 어쩔 수 없는 것이므로,

어머니 말고 다른 사람이 보이지 않는 곳에서

대화를 엿들음이 적절할 줄로 아옵니다.

폐하, 그럼 물러가겠습니다. 주무시기 전에 다시 와서

들은 바를 보고드리겠습니다.

왕   경에게 고맙소.   35

(폴로니우스 퇴장)

아, 나의 범죄, 그 악취 하늘까지 닿는구나.

형제 살인이라는 태초의 저주가 찍혔구나.

마음은 결심만큼이나 간절하지만

나의 더 큰 죄가 그 마음 꺾어 버리니

기도할 수가 없구나.   40

두 가지 일에 매달린 사람처럼 무엇을 먼저 할지 몰라

두 가지 모두 망쳐 버리는 사람 같구나.

이 저주받은 손이 형님의 피로 두껍게 범벅되었다 한들

자비로운 하늘에는 이 손 눈처럼 희게 씻어 줄

빗물이 없단 말인가?   45

죄악의 얼굴과 맞대지 않는다면

자비가 다 무슨 소용이란 말인가?

기도의 힘이란 우리 타락을 막아 주거나

타락한 다음 용서해 주는 것이거늘,
그 밖에는 기도가 무슨 소용이란 말인가?   50
그렇다면 하늘을 올려다보자. 나의 죄는 지나갔다.
그러나 아, 어떤 기도가 내 죄에 소용될까?
〈내 더러운 살인을 용서하여 주시옵소서〉라고 하면 될까?
살인의 결과물들인 왕관과 야심과 왕비를
여전히 내가 가지고 있는 판에 그건 안 될 말.   55
죄의 산물을 간직한 채 용서받을 수도 있을까?
이 세상의 타락한 물결 속에서
죄의 금칠한 손이 정의를 밀쳐 버리고
사악한 재화가 법을 매수하는 일은 흔치 않더냐.
그러나 하늘나라에서는 안 통할 일.   60
거기서 속임수는 없고 행동은 본색을 드러내며
우리의 죄악과 가까이 얼굴 맞대게 되면
증거가 드러나고야 만다.
그렇다면, 이제 다른 방도가 없는가?
회개를 하여 보자. 회개하여 안 될 일 무엇이더냐?   65
그러나 회개할 수 없다면 무슨 소용일까?
아, 빌어먹을 처지여! 아, 죽음처럼 검은 가슴이여!
빠져나오려고 애쓸수록 더 깊이 옭매이는
덫에 걸린 영혼이여! 천사들이여, 도와주소서! 도와주소서.
뻣뻣한 무릎아, 꿇어라.   70
철심 박은 심장아, 갓난아이 근육처럼 말랑해져라.
그러면 만사가 좋아지리라.   (무릎을 꿇는다)

햄릿 등장.

햄릿   저자가 기도하고 있으니 지금이 적기로군.

이제 해치우리라.   (칼을 뽑는다)

그렇다면 저자가 천국으로 가고

나는 복수를 하는 셈이지. 이건 생각해 볼 일이군.   75

악당이 아버지를 죽였는데 그 대가로

외아들인 내가 그를 천국에 보낸다?

그렇다면 이건 복수가 아니라 청부업이군.

저놈이 저주 가운데 준비도 안 된 아버지를 앗아 갔을 때

아버지는 만개한 오월처럼 온갖 죄악을 뒤집어쓰고 계셨지.   80

아버지의 계산대가 어느 쪽으로 기울었는지는

하늘 말고 누가 알 수 있단 말인가?

그러나 우리 이 지상의 생각과 계산법으로는

아버지의 죄가 무겁구나. 그렇다면 저 악당이

저승길을 준비하며 영혼의 회개를 하고 있을 때   85

저자를 죽이는 것이 복수란 말인가?

아니지.

칼아, 고개를 들고 더 끔찍한 때를 기다려라.

저자가 술에 곯아떨어져 있을 때나, 성내고 있을 때,

아니면 침실에서 근친상간을 벌이고 있을 때나,   90

놀음하다가 욕을 퍼붓고 있을 때, 그도 아니면

구원의 냄새라고는 전혀 없는 그런 짓을 하고 있을 때

저놈을 넘어뜨려 그 발길은 하늘을 박차고

그 영혼은 저주받아 머물게 될 지옥처럼

검게 되도록 해줄 테다. 어머니가 기다리신다. 95

이 기도의 약은 단지 저자의 병든 날들을 연장시킬 뿐이다.

(퇴장)

왕 말은 하늘로 날아 올라가고, 생각은 아래에 남는구나.

생각 없는 말이 하늘에 갈 리 만무하니.   (퇴장)

제4장

왕비와 폴로니우스 등장.

폴로니우스 지금 오고 있습니다. 단단히 혼을 내십시오.

참아 주기에는 장난이 지나쳤다고

말씀하시고

왕비마마께서 몸소 폐하의 진노를 막아 냈다고

말씀하시옵소서.

왕비   그렇게 할 것이니 염려 마오. 5

물러가시오. 왕자가 오고 있소.

(폴로니우스가 휘장 뒤로 숨는다)

햄릿 등장.

햄릿 자, 어머니, 무슨 일이신지요?

왕비 햄릿, 너 때문에 아버지께서 대단히 노하셨다.

햄릿 어머니 때문에 아버지께서 대단히 노하셨습니다.

왕비 자, 자, 너는 허튼소리로 대답하는구나.   10

햄릿 자, 자, 어머니께선 사악한 혀로 질문하시는군요.

왕비 아니, 그게 무슨 소리냐?

햄릿   그래, 이제 무슨 일이십니까?

왕비 내가 누군지 잊었느냐?

햄릿   십자가에 맹세코 잊지 않았지요.

  왕비이시며 어머니 남편의 형의 아내이지요.

  그렇지만 않았더라면 좋았을 내 어머니지요.   15

왕비 아니, 그렇다면 너와 말 상대가 될 사람을 붙여 주마.

햄릿 자, 자, 진정하시고 앉으세요. 꼼짝하지 마세요.

  어머니의 가장 깊은 속마음을 보여 드릴 거울을

  비춰 드릴 테니 가만히 계세요.

왕비 어쩔 셈이냐? 나를 죽일 모양이구나.   20

  여기, 사람 살려!

폴로니우스 (휘장 뒤에서) 여기다! 사람 살려!

햄릿 뭐라고? 이런 쥐새끼! 확실하게 죽어라, 죽어.

                   (휘장 속으로 자신의 긴 칼을 찔러 넣는다)

폴로니우스 (휘장 뒤에서) 아이고, 나 죽는다.

왕비 아, 끔찍해라. 이게 무슨 짓이냐?

햄릿   미처 몰랐습니다.   25

  왕인가요? (휘장을 들추고 죽어 있는 폴로니우스를 발견한다)

왕비 아, 이게 무슨 끔찍하고 경거망동한 행동이란 말이냐!

햄릿 끔직한 짓이지요, 착한 어머니.

   왕을 죽이고 그 동생과 결혼한 것만큼이나 나쁜 짓이지요.

왕비 왕을 죽이다니?

햄릿   예, 그렇게 말했습니다.   30

   너 간사하고 경망하고 참견하기 좋아하는 바보야, 잘 가라.

   나는 너를 네 상전으로 알았구나. 운명을 받아들여라.

   너무 바빠 서두르다 보면 위험이 따르는 법이니.

   자, 어머니 손 비비 꼬는 것은 그만두고 가만히 앉으세요.

   이제는 어머니의 심장을 비비 꼬아 드릴 겁니다.   35

   빌어먹을 습관이 강철처럼 굳혀 놔서

   감정이 뚫고 들어갈 수 없는 요새만 아니라면

   내가 뚫고 들어가 후벼 놓을 작정입니다.

왕비 내가 도대체 무슨 짓을 했기에 그렇게 무례한 소리로

   감히 혀를 놀리느냐?

햄릿   염치라는 곱고 수줍은 얼굴을 망치고,   40

   미덕을 위선이라 부르고,

   순진한 사랑의 아름다운 이마에서 장미꽃을 떼낸 자리에

   창녀의 딱지를 붙이고,

   사랑의 맹세를 도박꾼의 맹세처럼 사악하게 만들어 버린

   그런 행동을 했지요.   45

   아, 그런 행동은

   결혼이라는 육체에서 영혼을 빼내 버리고,

   성스러운 종교를 말장난으로 만들어 버리지요.

   이 행동에, 단단한 땅덩이를 비추는 하늘의 얼굴도

슬픈 모습으로 달아오르고 종말이 다가온 것처럼 ⁵⁰
가슴 아파 합니다.

왕비   아, 내 팔자야, 시작부터 그렇게
벼락같이 고함을 치다니, 내가 무슨 짓을 했단 말이냐?

햄릿 여기 이 그림과 이 그림을 잘 비교해 보세요.
두 형제의 초상화입니다. 이 이마의 우아함을 보세요.
태양신 히페리온의 금발과 제우스의 이마, ⁵⁵
호령하고 위협하던 군신 마르스의 눈,
하늘이 입 맞추는 산정에 이제 막 내려앉은
전령 머큐리와 같은 자태,
온갖 신들이 대장부의 표본을 보여 주기 위해
자신들의 도장을 찍은 듯한 진정 아름다운 형상. ⁶⁰
이분이 바로 어머니 남편이었습니다.
자, 그럼 이쪽을 보세요. 지금의 남편입니다.
곰팡이 핀 이삭처럼 멀쩡한 형님을 좀먹는 인간.
눈이 있기나 한 겁니까? 어떻게 이 아름다운 산을 떠나
이런 황야에서 풀을 뜯고 살찌려 할 수 있단 말입니까? ⁶⁵
이러고도 눈이 있습니까?
이걸 사랑이라 부를 수는 없을 겁니다.
어머니의 나이에는 피의 뜨거움이 식고 겸손해지며
분별을 따르는 법입니다.
그런데 이곳에서 이곳으로 뛰어넘는 분별이라뇨. ⁷⁰
어머니도 분명 감각이 있을 겁니다.
그게 없다면 움직이지도 못했을 것이니까요.

그러나 정녕 그 감각은 마비되었군요.

아무리 광기가 심하고 이성이 감정에 속박되어 있다 해도

그런 분별도 못 할 정도로 잘못 짚지는 않으니까요.   75

대체 무슨 악마에 홀렸기에

그렇게 감쪽같이 눈이 멀었더란 말입니까?

감정 없는 눈, 눈 없는 감정, 손이나 눈 없는 귀,

다른 것은 다 없는 후각, 아니, 하나의 참된 감각 중

병든 한 토막만 있었더라도   80

그렇게 속아 넘어가지는 않았을 겁니다.

아, 체면이여, 너의 붉은 얼굴은 어디로 갔느냐?

정욕의 반란이여, 늙은 어미의 뼛속을 흔들 수 있다면

불타는 청춘에겐 미덕이 그 열기 속에서

밀랍처럼 무르녹게 하라.   85

저항할 수 없는 격정의 공격에 흰 서리도[49] 뜨겁게 타오르고

이성도 욕정의 뚜쟁이 노릇을 하게 되니

이를 수치라 부르지 마라.

왕비   아, 햄릿, 그만해라.

너는 내 눈을 내 영혼 속으로 돌려놨구나.

씻어도 지워지지 않을 그런 검은 오점들이   90

그곳에 서려 있구나.

햄릿   아닙니다. 타락으로 찌든

땀에 젖은 기름 때 밴 침상에서

---

49 흰 서리처럼 머리칼이 센, 어머니 같은 여인을 암시한다.

더러운 돼지우리 너머에서

달콤한 사랑을 즐기면서 살아가세요!

왕비   오, 제발 그만 말해라.

그 말들이 비수처럼 내 귀에 꽂히는구나.   95

착한 햄릿, 그만해라.

햄릿   살인자, 악당,

전남편의 1백분의 1^{50}에도 못 미치는 놈,

왕들 가운데 광대,

제국과 왕권을 소매치기한 자,

선반에서 귀중한 왕관을 훔쳐   100

자신의 호주머니에 넣은 도둑 —

왕비 그만해라.

햄릿 넝마와 누더기를 입은 왕 —^{51}

유령 등장.

하늘의 천사들이여, 날개로 나를 감싸 구원하소서!

귀하신 분이 어인 일이십니까?   105

왕비 아, 얘가 미쳤구나.

햄릿 지엄하신 명령을 지체 없이 실행하지 못하고

기회와 복수심을 흘려보내 버린

당신의 게으른 아들을 책망하러 오셨나이까?

50 원문에는 2백분의 1이라고 되어 있다.
51 르네상스 시대 영국의 무대에서 광대는 울긋불긋한 누더기 옷을 입었다.

아, 말씀을 하소서.

유령   잊지 마라. 내가 온 것은   110

네 무뎌진 결심의 날을 세우기 위함이니라.

저길 봐라. 네 어미가 몹시 놀랐구나.

네 어미의 괴로운 영혼을 달래 주어라.

상상력은 연약한 육신에서 가장 잘 움직이는 법.

햄릿, 어머니를 위로해라.   115

햄릿 어머니, 어떠십니까?

왕비   아, 너야말로 어떻게 된 거냐?

허공에 대고 눈을 부라리며

텅 빈 공기하고 얘기를 하다니?

눈은 미칠 듯이 응시하고

자다가 경적에 놀란 병사들처럼   120

너의 가지런했던 머리칼은 웃자란 풀처럼

거꾸로 곧추서 있구나. 아 착한 아들아,

너의 광증의 열기와 불길에

인내의 찬물을 끼얹어라. 어디를 보고 있느냐?

햄릿 저분을 보세요, 저 창백한 얼굴을 보세요.   125

저분이 나타나신 이유를 알면, 돌들도 반응할 것입니다.

(유령을 향해) 그렇게 연민에 찬 모습으로 나의 굳은 결심

    을 바꿔 놓지 않으시려거든

이런 모습으로 나를 쳐다보지 마세요.

안 그러면 제가 해야 할 바는 본색을 잃게 되어,

아마 피 대신 눈물을 흘리게 될 겁니다.   130

왕비 누구에게 이처럼 말하는 것이냐?

햄릿 저기 아무것도 안 보인단 말인가요?

왕비 두 눈 멀쩡하지만, 아무것도 안 보인다.

햄릿 아무 말도 듣지 못했단 말인가요?

왕비 아무 소리도. 우리 둘 얘기밖에.   135

햄릿 저기 보세요. 살며시 빠져나가는 저 모습을.

　　살아생전의 복장을 한 아버지 모습을!

　　지금 저기 문지방을 넘어가시는 저 모습을 보세요.

(유령 퇴장)

왕비 그건 네 머리의 환상이다.

　　광기는 헛것을 만들어 내는 데   140

　　매우 능숙한 법이다.

햄릿 제 맥박도 어머니나 마찬가지로 정상적으로 뛰며

　　건강합니다. 광기가 아니니 시험해 보시지요.

　　말씀을 하시면 그 내용을 그대로 반복하겠습니다.

　　미친 사람은 그러지 못하고 헛소리하기 십상이죠.   145

　　어머니, 제발 자비를 바라신다면,

　　자신의 죄 때문이 아니라 제가 미쳐서 헛소리를 한다며

　　영혼에 아첨의 고약을 바르지 마세요.

　　고약은 단지 아픈 곳을 감싸 줄 뿐입니다.

　　그동안 썩은 고름은 보이지 않게 번지기 마련입니다.   150

　　하늘에 고백하고, 지난 일을 회개하고,

　　앞으로의 기회를 피하십시오.

　　잡초에 거름을 뿌려 더 무성하게 만들지 마십시오.

저의 이 미덕을 용서하여 주세요.

이 살찌고 늘어진 시대에는 미덕이 악덕에게 용서를 빌고,   155

그렇지요, 악덕에게 선을 행하기 위해

고개 숙여 허락을 간구해야 하니까요.

왕비 아, 햄릿, 이 어미의 가슴을 둘로 쪼개 놓는구나.

햄릿 아, 그렇다면 나쁜 쪽은 던져 버리시고

나머지 반쪽으로 더욱 정결하게 사십시오.   160

안녕히 주무세요. 그러나 숙부의 침실로 가지는 마세요.

실제로는 없더라도 정절을 가진 척이나 하세요.

사악한 습관에서 모든 감각을 먹어 치우는 그 괴물,

습관이라는 놈은 아름답고 선한 행실에도 마찬가지로

몸에 딱 들어맞는 의복을 선사합니다.   165

오늘 밤을 참으시면 다음번에 참을 때는 좀 더 쉬워지고

그다음에는 더 쉬워집니다.

습관이란 천성도 거의 바꿀 수 있으며, 놀라운 힘으로

악마를 환대하거나 밖으로 내칠 수 있는 것이니까요.

자, 그럼 안녕히 주무세요.   170

하느님의 은총을 바라신다면 제가 대신 빌어 드리겠습니다.

폴로니우스에 대해서는 저도 회개하고 있습니다.

그러나 이자로 인해 저를 벌하고,

저로 인해서 이자를 벌하는 것은 하늘의 뜻이어서

소자가 하늘의 채찍이자 하인이 되어야 했습니다.   175

이자를 살해한 죄와 이자의 시신을 처리하는 일은

제가 책임을 지겠습니다.

그럼 다시 한 번 안녕히 주무세요.

친절하려다 보니 잔인하게 되었습니다.

엉뚱한 죽음으로 시작됐으니   180

이제 더한 것들이 뒤따를 것입니다.

한 말씀만 더 드리겠습니다, 어머니.

왕비   어쩌면 좋겠느냐?

햄릿 당부드리건대 이것만은, 이것만은 절대로 안 됩니다.

살찐 왕이 어머니를 잠자리로 유혹해서

볼을 꼬집고, 어머니를 자신의 생쥐라 부르며   185

느끼하게 두 번 입 맞추거나

그의 저주받은 손가락으로 어머니의 목을 애무하며

소자가 진짜 미친 것이 아니라 미친 척하고 있다는 사실을

어머니로 하여금 실토하게 해서는 절대로 아니 되옵니다.

아름답고 정숙하고 현명한 왕비 아니고서야   190

이렇게 중대한 관심사를 저 두꺼비, 박쥐,

수고양이 같은 자에게서 숨길 사람 누가 있겠습니까?

어머니 같은 착한 왕비는 알려 주고 말겠지요.

누가 숨기겠습니까? 못 하지요.

은밀한 분별력을 저버리고 지붕 위의 광주리를 열어   195

새들을 날려 보내고, 그 유명한 원숭이처럼[52]

자신의 생각을 시험하려고 그 광주리에 기어들어 갔다가

제 목이 꺾이는 꼴을 당하게 될 것입니다.

52 옛이야기나 우화에 나오는, 스스로 똑똑한 체하는 어리석은 원숭이에 대한
언급. 구체적인 출처는 밝혀진 바 없다.

왕비 말이 숨결로 만들어지고, 숨결이 생명에서 나온다면

네가 내게 한 말을 내뱉을 그런 목숨은 없으니   200

안심하여라.

햄릿 제가 영국으로 가야 한다는 사실을 알고 계시죠?

왕비   이런,

깜빡 잊었었구나. 그렇게 결정이 났다.

햄릿 편지에는 국새가 찍혔고,

그들을 믿을 바에는 독사를 믿는 편이 나을   205

제 동창생 두 명이 왕명을 받들어 저를 호위하여

함정으로 몰고 갈 것입니다. 해보라지요!

지뢰꾼이 자신이 숨긴 지뢰에 날아가는 것도

볼만한 일이지요. 어렵겠지만 제가 그들의 지뢰보다

한 자 더 깊이 파고 들어가   210

이자들을 달나라까지 날려 버릴 작정입니다.

두 가지 음모가 하나로 바로 맞부딪히면

아, 더없이 볼만한 일이겠지요.

이 영감이 제 음모의 시작이 되는군요.

이자의 시체는 옆방에 처박아 버려야죠.   215

어머니, 이젠 정말 안녕히 주무세요.

살아생전에는 수다스러운 얼간이더니 이 대신도

이제는 한없이 조용히 비밀을 지키며 엄숙해져 있군.

자, 자네와 볼일도 끝장이네. 안녕히 주무세요, 어머니.

　　　(폴로니우스의 시체를 끌고 퇴장. 왕비는 그대로 남아 있다)

제4막

제1장

로젠크란츠와 길던스턴을 대동하고 왕이 왕비를 향해 등장.

왕 한숨, 이 깊은 한숨에는 이유가 있겠지.

  사연을 말해 보오. 짐이 마땅히 알아야겠소.

  그대 아들은 어디 있소?

왕비 그대들은 잠시만 자리를 좀 비켜 주시오.

(로젠크란츠와 길던스턴 퇴장)

  아, 폐하, 오늘 밤 제가 본 것은!   5

왕 거트루드, 햄릿은 어떻소?

왕비 바다와 폭풍이 누가 더 센지 겨루는 것처럼

  미쳐 날뜁니다. 억제할 수 없는 광기 가운데서

  휘장 뒤 뭔가 움직이는 소리를 듣고는

  장검을 빼 들고 〈쥐야! 쥐!〉 하고 외치더니   10

  광기에 사로잡혀 보이지도 않는

그 선한 영감을 살해합니다.[53]

왕   아, 끔찍한 일이군!

짐이 그곳에 있었더라면 마찬가지 꼴이 될 뻔했소.

그를 내버려 두는 것은 당신이나, 짐이나,

다른 모두에게 위험천만이오.   15

아, 이 끔찍한 일을 어떻게 수습한단 말이오?

이 미치광이 젊은이를 미리 억제시키고 견제하고

못 돌아다니게 했어야 할 과인에게 비난이 쌓일 것이오.

그러나 짐의 사랑이 너무 커서

적절한 조치를 생각하려 하지 않고,   20

몹쓸 병 가진 환자처럼 이를 드러내지 않고 있다가

병이 생명의 골수를 파먹게 방치했소.

그는 어디로 갔소?

왕비 자신이 살해한 시체를 치우러 갔습니다.

그의 광기는 싸구려 광산 속의 금맥처럼   25

순수한 빛을 발하며 그 시체를 놓고

자신이 한 짓을 생각하며 눈물 흘렸습니다.

왕 아, 거트루드, 비켜서 있으시오.

태양이 산맥을 어루만지자마자

짐은 그를 배에 태워 이곳에서 떠나보내고   30

이 사악한 행동에 대해서는 왕의 권위와 수단으로

짐이 책임을 지고 설명하겠소. 어이, 길던스턴!

53 원문에 동사의 시제는 모두 현재형으로 되어 있다.

로젠크란츠와 길던스턴 등장.

두 사람 모두 가서 사람들을 더 구해 오시오.
햄릿이 광기 중에 폴로니우스를 살해했소.
어머니의 내실에서 그 시체를 끌고 나갔다 하오.   35
가서 그를 찾아보고, 잘 타일러 시체를
교회당으로 가지고 오시오. 부탁하니 서둘러 주시오.

(로젠크란츠와 길던스턴 퇴장)

자, 거트루드, 짐은 지혜로운 신하들을 소집해서
그들에게 짐이 뜻하는 바와
불행하게 일어난 일들을 알려야겠소.   40
과녁에 명중하는 대포의 소리처럼
악성 비방이 온 세상을 떠돌며 독화살을 쏘아도
짐의 이름에서는 빗나가고
헛되이 하늘이나 맞힐 것이오.
자, 갑시다. 과인의 마음이 불안과 실망으로 가득하오.   45

(퇴장)

제2장

햄릿 등장.

햄릿 안전하게 숨겼군. (안쪽에서 부르는 소리) 가만있자, 무슨 소리지? 누가 햄릿을 부르지? 아, 저기 오는군.

로젠크란츠, 길던스턴과 다른 사람들 등장.

로젠크란츠 왕자마마, 폴로니우스의 시체를 어떻게 하셨습
니까?

햄릿 사촌지간인 흙과 섞었다.　　　　　　　　　　　　　5

로젠크란츠 어디 두었는지 알려 주시면 소신들이 교회당 안
으로 가져가겠습니다.

햄릿 믿지 말게나.

로젠크란츠 무얼 말씀이십니까?

햄릿 내가 자네들의 비밀은 지키면서 내 비밀은 못 지키리라　10
는 생각 말이야. 더군다나 스펀지 같은 인간의 질문을 받
는다면, 왕세자가 무슨 대답을 하겠는가?

로젠크란츠 소신을 스펀지로 간주하십니까?

햄릿 그렇다네. 왕의 은총과 그의 보상과 그의 벼슬아치들을
빨아먹는 존재지. 그러나 그런 관리들이 마침내는 왕에　　15
게 최고의 봉사를 하게 된다네. 왕은 원숭이처럼 이들을
턱 끝으로 물고서 처음에는 빨아먹다가 나중에는 삼켜
버린다네. 자네들이 주워 모은 것들을 필요로 할 때는 꽉
비틀어 짜내면 그만이고. 자네들은 스펀지이므로 곧 다
시 말라 버리지.　　　　　　　　　　　　　　　　　　20

로젠크란츠 무슨 말씀이신지 못 알아듣겠나이다.

햄릿 그거 반가운 소리군. 험한 말이란 멍청한 귀에서는 잠

들어 버리는 법이네.

로젠크란츠 왕자마마, 소신들에게 시체가 있는 곳을 알려 주
시고 함께 폐하를 뵈러 가시죠.   25

햄릿 시체는 왕과 함께 있지만 왕은 시체와 함께 있지 않지.
왕이란 물건은 ──

길던스턴 물건이라고 하셨습니까?

햄릿 하찮은 것이지. 상감께로 안내해라.   (퇴장)

제3장

왕과 두세 명의 신하들 등장.

왕 과인은 햄릿을 찾고 시체를 가져오라 사람을 보냈소.
그를 쏘다니게 내버려 두는 것은 실로 위험천만하오!
그렇지만 짐은 엄한 국법을 쓸 수도 없소.
그는 생각 없는 백성들의 사랑을 받고 있다오.
이들은 이성이 아니라 눈으로 선택하는 자들이라   5
벌하는 자의 채찍만 비판할 뿐, 죄는 생각지 않는 법이오.
만사를 조용히, 그리고 무리 없이 처리하기 위해
이렇게 갑작스럽게 세자를 멀리 보내는 일은
심사숙고의 결과로 비쳐야만 하오.
위독하게 된 병에는 비상 처방을 써야지,   10
안 그러면 아무 소용이 없소.

로젠크란츠와 다른 사람들 등장.

그래, 어찌 되었소?

로젠크란츠 폐하, 소신들은 시체를 어디에 두었는지
　알아낼 재간이 없습니다.

왕　　　　　　　　그래, 왕자는 어디 있소?

로젠크란츠 밖에서 호위를 받으며 분부를 기다리고 있습니다.

왕 짐에게 그를 데려오시오.

로젠크란츠　　　　　어이! 왕자마마를 들게 하라.　　15

햄릿이 호위병들과 함께 등장.

왕 그래, 햄릿, 폴로니우스를 어디에 두었느냐?

햄릿 식사 중입니다.

왕 식사 중이라고? 어디에서?

햄릿 먹는 곳이 아니라 먹히는 곳에 있습니다. 국사를 돌보
　는 한 무리의 정치 구더기들이 뜯어 먹고 있습니다. 음식　20
　에 있어서는 구더기가 유일한 황제입니다. 인간은 자신
　을 살찌우기 위해서 다른 모든 동물들을 살찌우고, 또 자
　신을 살찌워 구더기 밥이 되지요. 살찐 왕이나 깡마른 거
　지나 종류가 다를 뿐, 한 상에 내놓은 두 가지 요리에 불
　과하기는 매한가지입니다. 그뿐이지요.　　25

왕 저런, 저런.

햄릿 사람들은 왕을 뜯어 먹은 구더기로 낚시를 하고, 그 구

더기를 먹은 생선을 먹지요.

왕 그게 어쨌단 말이냐?

햄릿 왕이 거지의 뱃속으로 어떻게 행차하시는지를 말씀드 ³⁰
리는 것뿐입니다.

왕 딴소리 말고, 시체는 어디 있느냐?

햄릿 천국에 있습니다. 그곳으로 사람을 보내시지요. 그곳에
서도 못 찾으신다면, 폐하께서 몸소 아래 지옥을 뒤지심
이 좋을 듯합니다. 이번 달 안으로 시체를 찾지 못한다면 ³⁵
접견실로 올라가는 계단에서 그의 냄새를 맡을 수 있게
될 겁니다.

왕 (시종들을 향해서) 서둘러 그를 찾아오너라.

햄릿 자네들이 갈 때까지 그가 기다리고 있을 걸세.

(시종들 퇴장)

왕 햄릿, 네가 저지른 행동에 대해 ⁴⁰
짐은 심히 걱정을 하고 있다.
짐이 너의 안전을 특별히 염려하고 생각해서
이번 일은 ──
너를 이곳에서 떠나보내기로 했으니 채비를 하여라.
배도 준비되었고 바람도 좋고 동행자들도 기다리고 있으니 ⁴⁵
영국으로 향할 만반의 준비가 되었다.

햄릿 영국으로요?

왕 그렇다.

햄릿 좋습니다.

왕 짐의 목적을 안다면 마땅히 그럴 것이다. ⁵⁰

햄릿 그 목적을 알고 있는 천사를 제가 보고 있습니다. 그렇
지만 자, 영국으로. 안녕히 계세요, 어머니.

왕 햄릿, 너의 사랑하는 아비에게도.

햄릿 나의 어머니께. 아버지와 어머니는 남편과 아내이며,
남편과 아내는 한 몸이죠. 그러니 나의 어머니께. 자, 영   55
국으로.   (퇴장)

왕 바짝 그를 뒤따르라. 속히 승선하게 하라.
지체하지 말고 오늘 밤 안으로 이곳에서 떠나게 하라.
이 일에 관한 모든 것이 준비되었으니 떠나라.
청컨대 서두르라.   (왕만 남고 모두 퇴장)   60
영국의 왕이여, 그대가 내 호의를 조금이라도 존중한다면,
또 덴마크의 칼에 맞은 그대 상처 아직 벌겋게 생생하고
그대 여전히 짐에게 조공을 바치고 있으니
그 위력을 그대가 생각한다면
짐의 왕명을 가볍게 여기지는 못하리라.   65
햄릿을 즉시로 죽이라는 취지를 국서에 상세히 적었으니
영국의 왕이여, 이를 실행하라.
내 핏속의 열병처럼 햄릿이 날치니
그대가 나를 치료해 주어야겠다.
결과를 알기 전까지는   70
무슨 일이 있어도 기쁨을 모르겠구나.   (퇴장)

제4장

포틴브라스가 군대를 끌고 무대 위로 행진하며 등장.

포틴브라스 대장, 가서 덴마크 국왕에게 나의 인사를 전하고
  포틴브라스가 합의된 계약 조건에 따라
  왕의 국토를 자유롭게 통과할 수 있는
  안전 통행권을 간청드린다고 전하시오.
  그대는 우리의 집결지를 알고 있을 거요.   5
  만일 이곳 국왕이 우리에게 원하는 것이 있다면
  내가 몸소 뵙겠다고, 그렇게 일러 주시오.
대장   예, 왕자마마.
포틴브라스 조용히 진군하라.   (대장만 남고 모두 퇴장)

  햄릿과 로젠크란츠, 다른 사람들과 함께 등장.

햄릿 여보시오, 이게 누구의 군대요?
대장 노르웨이 군대입니다.   10
햄릿 무슨 목적으로 진군 중인지 물어도 되겠소?
대장 폴란드 땅의 일부를 공격하러 가고 있습니다.
햄릿 지휘관이 누굽니까?
대장 늙은 노르웨이 왕의 조카인 포틴브라스 왕자입니다.
햄릿 폴란드 본토를 치러 가는 것입니까,   15
아니면 변경을 치러 가는 것입니까?

대장 보탬 없는 사실을 말하자면,

　정복이라는 이름뿐 아무짝에도 쓸모없는

　한 평의 땅을 차지하기 위해서 출정 중입니다.

　나라면 금화 다섯을 주고도 임대하지 않을 그런 땅입니다.　20

　곧장 팔아 버린다고 해도, 노르웨이나 폴란드에

　그 이상의 값은 돌아가지 않을 것입니다.

햄릿 그렇다면 폴란드인들도 방어하려 하지 않겠구려.

대장 그렇죠. 이미 우리 군대가 진을 치고 있습니다.

햄릿 2천의 목숨과 금화 2만 냥으로도　25

　이런 하찮은 문제를 해결하지 못한다니!

　이건 평화로운 풍요가 과해서 생긴 종양으로

　안에서 곪아 터지면서도 밖에는 아무 증상도 드러나지 않아

　사람을 죽게 만드는 것이지. 대단히 감사하오.

대장 안녕히 가십시오.　　　　　　　　　　(퇴장)

로젠크란츠　　　　왕자마마, 가실까요?　25　30

햄릿 곧장 갈 것이니 조금 먼저들 가게.

　　　　　　　　　　　　　(햄릿만 남고 모두 퇴장)

　모든 사례들이 나를 비난하며

　나의 무딘 복수심에 채찍을 가하는구나.

　사람이 하는 일이 고작 먹고 잠이나 자는 것이라면

　인간이라 할 수 있을까? 금수나 다름 아니겠지.　35

　우리에게 앞뒤를 돌아볼 수 있는

　사유의 능력을 부여한 조물주는

　분명 신과 같은 이성의 능력이 쓰임새도 없이

곰팡이 피라고 주시지는 않았을 거야.
내겐 해야 할 이유와 의지와 힘과 수단이 있는데도   40
이렇게 해야지 말만 하며 살고 있는지 알 수가 없구나.
이것은 금수 같은 망각 때문일까,
아니면 그 결과를 지나치게 꼼꼼하게 따져 보는
심사숙고 때문일까? 그 생각의 속을 넷으로 갈라 보면
지혜는 고작 4분의 1, 나머지 세 쪽은 겁쟁이가 아닐까?   45
흙덩이처럼 무거운 사례들이 나에게 권유하고 있구나.
예민한 젊은 왕자가 이끄는
병사도 경비도 막대한 저 군대를 보아라.
왕자의 정신은 신성한 야심으로 부풀어 올라
달걀 껍질 같은 하찮은 것을 차지하기 위해서   50
알 수 없는 결과는 무시한 채 위태한 목숨을
운명과 죽음과 위험 앞에 내놓고 있지 않은가.
진정한 위대함이란
큰 명분 없이는 싸우지 않는 것이 아니라
명예가 걸려 있을 때에는 지푸라기 같은 일에도   55
목숨을 거는 것이다.
아버지가 살해되고 어머니마저 더렵혀지고
이성과 피가 다 달아 있는데도 이를 잠재우고
가만히 서 있을 수 있단 말인가? 2만의 병사들이
곧 닥칠 죽음을 무릅쓰고 헛된 명성이라는 환상을 위해   60
침실로 가듯 무덤으로 기꺼이 나아가며,
그 숫자가 다 들어서지도 못하고

살해된 자들을 쓸어 담을 묘지로도 부족한 땅을 위해
싸우고 있지 않은가.
아, 지금 이 시간부터 나의 생각이여,   65
무자비하라, 아니면 아무짝에도 쓸모없으리.   (퇴장)

제5장

왕비, 호레이쇼, 신사 한 명 등장.

왕비 그녀와 만나고 싶지 않소.
신사   기어이 뵙겠다고 합니다.
  진정 정신이 나가서 측은하기 짝이 없습니다.
왕비 뭘 원한다는 거요?
신사 듣자 하니, 부친 이야기를 많이 하며
  망측한 얘기가 세상에 떠돈다고 하며   5
  헛기침을 하다가 가슴을 치며 역정을 내며
  지푸라기도 발로 차고
  알 듯 말 듯 이상한 말들을 합니다.
  헛소리를 지껄이지만 그 종잡을 수 없는 말이
  오히려 듣는 사람으로 하여금 그 뜻을 추측하게 하고,   10
  자기들 생각에 맞춰 말들을 꿰맞추게 합니다.
  눈을 껌뻑이고 고개를 젓고 몸짓을 해대며 말을 할 때면
  모르긴 해도 뭔가 불행한 일이 있다는 생각을 갖게 합니다.

호레이쇼 만나 보시는 것이 좋을 듯하옵니다.

불측한 사람들이 위험한 억측을 품을까 염려됩니다.   15

왕비 그녀를 들여보내시오.   (신사 퇴장)

(방백) 죄의 본성이 그러하듯이, 아무리 사소한 것도

죄로 물든 내 영혼에는 큰 불행의 서곡으로 비치는구나.

죄란 속수무책의 의심으로 가득 차서

부수어질까 두려워하다 스스로를 부수는구나.   20

오필리아 등장.

오필리아 덴마크의 아름다우신 왕비마마는 어디 계신가요?

왕비 어인 일이냐, 오필리아?

오필리아   (노래한다)

그대 진실한 사랑을 다른 것과

내 무엇으로 구분할 수 있을까요?

그대 벙거지와 지팡이,   25

그리고 샌들이지요.

왕비 아이고, 이게 무슨 노래냐, 착한 오필리아?

오필리아 네? 들어 보세요.   (노래한다)

아가씨, 그이는 돌아가셨어요, 가셨어요.

그이는 돌아가셨어요, 가셨어요.   30

그이 머리맡엔 푸른 잔디

그이 발치엔 돌 하나.

오!

왕비 아니, 오필리아 —

오필리아 자, 들어 보세요.   (노래한다) 35

　　　산속의 눈처럼 그의 수의는 희고 —

　　　　　　　왕 등장.

왕비 아이고, 폐하, 여기 좀 보십시오.

오필리아   (노래한다)

　　　흩뿌려진 꽃으로 뒤덮였지만

　　　진정한 사랑의 눈물 홍수와 더불어

　　　통곡 속에서 무덤으로 가시지는 않았죠.   40

왕 아름다운 아가씨, 잘 지내고 있느냐?

오필리아 잘 지내고 있습니다. 감사합니다. 그런데 올뻬미는
　　　빵 장수의 딸이었다지요?[54] 폐하, 오늘 일은 알지만 내일
　　　일은 모르는 법이지요. 안녕히 계십시오.

왕 아버지 생각으로 마음이 괴로운가 보군.   45

오필리아 제발 그 말씀은 말아 주세요. 그러나 사람들이 무슨
　　　뜻이냐고 묻거든 이렇게 일러 주세요.   (노래한다)

　　　내일은 성 밸런타인의 날,

　　　날이 새면 새벽같이

　　　처녀인 나는 그대 창가에 서리,   50

　　　그대의 밸런타인 되기 위해.

54 빵 장수의 딸이 무게를 속이다가 올뻬미로 변했다는 민담에서.

그때 그는 일어나서 옷을 입었네,

방문 열고 그 처녀 맞아들였네.

그 처녀, 다시는 처녀 몸으로

그 문 나서지 못했네.   55

왕   아름다운 오필리아 —

오필리아   상스러운 소리는 않고 끝까지 노래하겠어요.

(노래한다)

그리스도와 자비의 성자께 맹세코

아, 수치스럽게도

기회만 되면 젊은 남자들은 그 짓을 하지요.   60

하느님께 맹세코, 욕먹을 짓이지요.

그녀가 말하길, 〈당신이 나를 넘어뜨리기 전에는

나와 결혼하겠다고 약속했었죠.〉

그는 이렇게 대답했죠.   (노래한다)

〈저기 태양에 맹세코, 그랬을 것이오,   65

그대가 내 침실로 들어오지 않았더라면.〉

왕   언제부터 저렇게 되었는고?

오필리아   만사형통하시길 바랍니다. 참아야지요. 그러나 아
버지가 그 차디찬 곳에 누워 계신다고 생각하니 눈물이
나는 것은 어쩔 수 없습니다. 오빠도 이 사실을 알게 될   70
거예요. 좋은 충고 감사합니다. 자, 그럼 제 마차를. 안녕
히 주무세요. 아가씨들, 안녕히. 어여쁜 아가씨들, 안녕
히, 안녕히.   (퇴장)

왕   바짝 따라가 보시오. 부탁인데 유심히 보살피시오.

아, 이것은 깊은 슬픔의 독. 이 모든 일이   75
아비의 죽음에서 비롯한 것이구나. 자, 보시오 ─
아, 거트루드, 거트루드, 불행이 닥쳐올 땐
혼자가 아니라 무더기로 오는 법이오.
첫째, 오필리아 아버지가 살해되었고
다음에 그대 아들이 떠나갔소.   80
스스로 추방될 만한 흉악한 일을 저질렀기에.
혼란에 빠진 백성들은 의심에 찬 생각을 품고
착한 폴로니우스의 죽음에 대해 소곤거리고 있소.
거기다 짐은 어리석게도
서둘러 은밀하게 그를 장사 지냈소.   85
가련한 오필리아는 정신이 나가 미쳤소.
정신이 나간 우리는 허상이나 동물에 불과하오.
마지막으로 이 모든 일들만큼 심각한 것은,
오필리아의 오빠가 비밀리에 프랑스에서 돌아와
이 놀라운 일에 대해 곰곰이 생각하고 숨어 지내며   90
부친의 죽음에 대한 나쁜 소문들을
추문꾼들의 입을 통해 수없이 듣고 있다는 사실이오.
사실을 모르기에 과인에 대한 비방이
이 귀에서 저 귀로 전하고 있소. 아, 사랑하는 거트루드,
이 모든 일들이 대포처럼 도처에서   95
과인을 죽이고 또 죽이고 있소.

(안에서 시끄러운 소리가 들린다)

여봐라!

호위병들은 어디 있느냐? 호위병들에게 문을 지키게 하라.

전령 등장.

웬 소란이냐?

전령　　　　　폐하, 피하십시오.

젊은 레어티즈가 앞장서서 폭도들을 이끌고,

해안선을 넘어 육지를 갉아먹는　　　　　　　　　　　　100

대양보다 더한 기세로

폐하의 군관들을 제압하고 있습니다.

폭도들은 그를 왕이라 부르며 마치 새 세상이라도 만난 듯

모든 행동의 지주이자 승인자인 전통과 관습을 망각한 채

〈레어티즈를 우리들의 왕으로 삼읍시다〉라며　　　　　105

모자를 날리고 손뼉을 치며

큰 소리로 하늘 끝까지 외쳐 대고 있습니다.

〈레어티즈가 왕이 될 것이다, 레어티즈를 왕으로.〉

왕비 엉뚱한 곳에서 잘도 짖어 대고 있구나.

이 사악한 덴마크의 개들아, 잘못 짚었구나.　　　　　110

　　　　　　　　　　　(안에서 시끄러운 소리가 들린다)

왕 문이 부서졌다.

레어티즈가 추종자들을 데리고 등장.

레어티즈 왕은 어디 있느냐? 여러분들은 밖에서 기다리시오.

추종자들 아닙니다, 우리도 들어가겠습니다.

레어티즈   내게 맡겨 주시오.

추종자들 그러지요, 좋습니다.

레어티즈 고맙소. 문을 지키시오.   (추종자들 퇴장)

                                         그대 사악한 왕이여,   115

내 부친을 내놓으시오.

왕비 (그를 붙잡으며) 착한 레어티즈, 진정해라.

레어티즈 내게 냉정한 피가 한 방울이라도 남아 있다면

그것은 내가 사생아이며 아버지가 오쟁이 진 남편임을

온 천하에 공표하는 일이며, 흠 없이 정숙한

어머니의 이마에 창녀의 딱지를 낙인찍는 일이오.

왕   레어티즈,   120

무슨 연고에서 큰 반역을 일으키듯 그리 날뛰는고?

거트루드, 그를 놔두시오. 과인을 걱정하지 마시오.

왕에게는 신성한 담장이 둘러쳐 있어

역적들은 원하는 바를 겨우 엿보기만 할 뿐

바람대로 행동할 수는 없소. 레어티즈, 내게 말을 해봐라.   125

무슨 이유에서 이처럼 화가 나 있느냐?

거트루드, 그를 가만두시오. 자, 말해 보아라.

레어티즈 아버지는 어디 있소?

왕   죽었다.

왕비   폐하가 죽인 게 아니다.

왕 원하는 대로 다 묻게 놔두시오.

레어티즈   어떻게 돌아가셨소? 나를 속일 생각일랑 마시오.   130

신하 된 도리는 지옥에나 가라 하시오!

맹세는 악마에게! 양심과 은총은 지옥 구덩이에나!

지옥도 두렵지 않소.

아버지의 복수만 철저하게 할 수 있다면

무슨 일이 있더라도, 이승이든 저승이든   135

개의치 않을 지경이오.

왕   누가 막겠느냐?

레어티즈   내 마음 변하기 전엔 누구도 못 막을 거요.

힘은 부족하지만 잘 아껴서

부족함이 없게 할 것이오.

왕   착한 레어티즈,

아버지의 죽음에 대한 진상을 알고 싶다면   140

친구와 적, 승자와 패자를

모두 도매금으로 싹쓸이하라고

네 복수의 책에는 쓰여 있단 말이냐?

레어티즈   아버지의 원수뿐이오.

왕   원수가 누구인지 알고 싶으냐?

레어티즈   아버지의 친구들에겐   145

제 피 먹이는 펠리컨처럼 양팔을 벌려

내 피로 그들을 대접하겠소.

왕   그래, 이제야 착한 아이처럼,

진정한 양반처럼 말하는구나.

과인이 네 아버지의 죽음에 결백하고

진심으로 그의 죽음을 슬퍼하고 있다는 사실은 150
네 눈에 비치는 태양처럼
분명하게 판단될 것이다.

        (안에서 시끄러운 소리, 오필리아가 노래한다)
        그녀를 들여보내라.

레어티즈 어찌된 일이지? 이게 무슨 소란이오?

        오필리아 등장.

아, 열기여, 나의 골수를 말려 버려라.
일곱 배나 짠 눈물이여, 나의 시각과 시력을 태워 버려라. 155
하늘에 맹세코, 너의 광기는 저울대가 휘도록 갚아 주마.
아, 오월의 장미여!
아름다운 처녀, 상냥한 누이, 착한 오필리아여,
아, 하늘이시여, 젊은 처녀의 정신이
늙은 노인의 생명처럼 소멸될 수 있단 말입니까? 160
사랑하는 사람은 성품이 고와지고, 그 고운 성품
사랑하는 사람에게 소중한 징표로 보낸다더니
사실이구나.

오필리아   (노래한다)
        상여에 얼굴 내놓은 채 그는 가시었고,
        무덤에는 눈물 비 내렸네. 165
안녕히 가세요, 나의 비둘기.

레어티즈 네가 멀쩡한 정신으로 복수를 해달라고 해도 이보다 내 마음 움직이지는 못했으리라.

오필리아 〈내려가라, 내려가〉, 〈그를 내려가라 하세요.〉 이렇게 후렴을 붙이셔야 해요. 아, 곡조가 얼마나 잘 어울리는지! 주인집 딸을 훔친 자는 못된 집사랍니다. 170

레어티즈 이 헛소리가 조리 있는 말보다 의미 있구나.

오필리아 이건 로즈메리 꽃입니다. 기억의 꽃이지요. 부디 기억해 주세요. 그리고 이건 삼색제비꽃이군요. 생각의 꽃이지요. 175

레어티즈 광기에도 교훈이 있구나. 생각과 기억이 들어맞는다니.

오필리아 이건 그대에게 드리는 회향 꽃과 매발톱꽃. 이건 그대에게 드리는 운향. 이건 내가 가질 꽃들. 이건 주일날 은혜의 꽃이라 불리는 꽃이요. 마마께서는 운향을 좀 색다르게 꽂으셔야 해요. 이건 데이지. 그대에게는 제비꽃을 드리고 싶지만 아버지가 돌아가실 때 다 시들어 버렸어요. 다들 말하길 아버지는 잘 돌아가셨대요.   (노래한다) 180

아름다운 로빈은 내 모든 기쁨.

레어티즈 근심도 걱정도 고통도 지옥마저도, 185
너는 아름다운 매력으로 바꾸는구나.

오필리아   (노래한다)

그가 다시 찾아오지 않을까?

그가 다시 찾아오지 않을까?

아니야, 아니야, 그인 가버렸어.

우리가 슬픈 눈물 흩날려도 190

그인 다시 오지 않을 거야.

그의 턱수염은 눈처럼 희고
그의 머리털은 아마의 수염 같았지.
그인 돌아가셨다네.
우린 슬픈 울음 날리고,   195
하느님의 자비가 그의 영혼에 깃들길.
　모든 기독교인들을 위해 기도합니다. 안녕히 계세요. (퇴장)
레어티즈　　오, 하느님, 보고 계시나이까?
왕　레어티즈, 그대의 슬픔을 과인도 함께 나눠야겠다.
　아니면 그대가 과인을 거역하는 것이리라.   200
　물러가 그대가 원하는 가장 현명한 친구들을 선택해서
　그들로 하여금 우리의 시비를 듣고 판단하게 하라.
　만일 직접적으로든 간접적으로든
　짐이 관련되어 있다고 판명되면
　그 대가로 짐의 왕국과 왕관과 목숨과 짐의 모든 소유를   205
　그대에게 넘길 것이다. 그러나 만일 무관함이 증명되면
　그대는 차분하게 짐의 말에 따르라.
　그러면 짐은 그대와 협력하여 그대가 원하는 바를
　이루게 해줄 것이다.
레어티즈　　　　　　좋습니다. 아버지가 돌아가신 경위도
　유골을 장식하는 석물도 장검도 문장도 없이,   210
　격식에 맞는 행렬도 훌륭한 의식도 없이,
　은밀하게 치러진 장례식에 대한 원한이

하늘에서 땅끝까지 맺혀 있으니

내 반드시 그 이유를 밝혀야겠습니다.

왕   그렇게 하라.

그리고 죄 있는 곳에 큰 도끼를 내리치게 하라.   215

과인과 함께 들어가자.   (퇴장)

제6장

호레이쇼와 하인 등장.

호레이쇼   나를 보자는 사람들이 누구요?

하인   뱃사람들입니다. 나리께 전해 드릴 편지를 가지고 왔다
　　고 합니다.

호레이쇼   들여보내시오.   (하인 퇴장)

　　햄릿 왕자님이 아니라면 세상 천지간에   5

　　내게 편지 보낼 곳이라고는 없는데.

선원들 등장.

선원1   안녕하십니까, 나리?

호레이쇼   자네도 안녕하신가?

선원1   감사합니다, 나리. 여기 전해 드릴 편지를 가지고 왔
　　습니다. 영국으로 향하던 특사로부터 온 것입니다. 소신   10

이 아는 바와 같이 나리의 성함이 호레이쇼가 맞다면 말입니다.

호레이쇼   (편지를 읽는다)

호레이쇼, 자네가 이 편지를 읽게 되거든 이 친구들이 국왕을 알현할 수 있는 방법을 강구해 주게. 이자들이 국왕께 드릴 편지를 가지고 있네. 항해를 시작 15
한 지 이틀도 지나기 전에 우리 배는 무장한 해적의 추격을 받았네. 우리 배의 속력이 느리다 보니 어쩔 수 없이 용기를 내서 싸우게 되었고, 나는 싸움 중에 그들의 배에 오르게 되었네. 그들이 우리 배를 따돌리자마자 나는 홀로 그들의 포로가 되었다네. 그들 20
은 의적처럼 나를 자비롭게 대해 주었네. 그들이 일부러 나를 잘 대했으니 나도 그들에게 보답을 해야만 한다네. 내가 보낸 편지를 국왕께 전하고 자네는 죽음을 피해 달아나듯 속히 내게로 와주게. 자네의 귀를 멀게 할 놀라운 소식이 있네. 말로 전하기에는 25
너무나 중대한 일이네. 이 친구들이 내가 있는 곳을 알려 줄 걸세. 로젠크란츠와 길던스턴은 영국으로 가고 있다네. 그들에 대해서도 자네에게 할 말이 많네. 그럼 안녕히.

그대의 친구 햄릿 30

자, 자네들이 가져온 편지를
시급히 국왕께 전해 드리도록 할 테니
편지를 보낸 그분에게 나를 데려다주게.   (퇴장)

제7장

왕과 레어티즈 등장.

왕   그대의 총명한 귀로 그대 부친을 살해한 자가

　　과인의 목숨도 노렸다는 사실을 들었으니,

　　과인의 무죄에 그대의 양심도 동의하고

　　과인을 가슴 깊이 그대의 친구로

　　받아들여야 하느니라.

레어티즈　　　　　　　분명 그러한 듯합니다. 그렇지만　　　　　5

　　폐하의 안위나 지혜나, 다른 모든 것으로 보아서도

　　폐하께서 분기하심이 마땅한, 이런 죽어야 할 중죄인의

　　잔악한 행위에 조치를 취하지 않으심은 무슨 연유인지

　　소신에게 말씀하여 주소서.

왕　　　　　　　　　　　　오, 특별히 두 가지 이유가 있다.

　　그대에게는 하찮은 것으로 보일지 모르나　　　　　10

　　과인에게는 중요한 것이다.

　　그의 어머니인 왕비는 그의 얼굴을 보며 살아가고 있고

　　과인으로 말하자면, 복인지 화인지 모르겠지만,

　　왕비가 과인의 생명이며 목숨과 같아서

　　별이 궤도를 돌듯이　　　　　　　　　　　　15

　　과인도 왕비 곁을 떠날 수가 없구나.

　　과인이 공론화하지 않는 또 다른 이유는

　　백성들이 그를 사랑하기 때문이다.

그들은 나무를 돌로 변화시키는 샘물처럼

왕자의 결함을 자신들의 애정 속에 담가서 20

그의 불구를 아름다움으로 바꿔 버린다.

과인의 화살은 그 큰 바람을 뚫고 나가기에는 너무나 약해

과인이 겨냥한 곳이 아니라

과인의 활로 다시 돌아오고 말았을 것이다.

레어티즈 그래서 소인은 아버지를 잃었고 25

누이마저 정신이 나갈 지경에 몰렸습니다.

과거의 일 칭찬해도 무방하다면

그녀의 완전무결함은 어느 누구도 따를 자 없었습니다.

그러나 소신은 반드시 복수를 하겠습니다.

왕 그 때문에 잠을 설치지 마라. 누군가가 협박하며 30

턱수염을 잡아당기는데도 이를 장난으로 생각하고

내버려 둘 그런 둔한 얼간이라 짐을 여겨서는 아니 된다.

너는 곧 자세한 얘기를 듣게 될 것이다.

과인은 너의 부친을 제 몸 사랑하듯 사랑했다.

그것으로 미루어 너도 알게 되겠지만 — 35

전령이 편지를 가지고 등장.

전령 이 편지들은 폐하께, 이건 왕비마마께 온 것입니다.

왕 햄릿이 보낸 편지군! 이것들을 누가 가져왔느냐?

전령 소신은 보지 못했지만 뱃사람들이 가져왔다 합니다.

저는 클로디오에게 받았고 그는

편지를 가져온 사람에게 받았답니다.

왕   레어티즈, 들어 보아라.   40
그대는 물러가라.   (전령 퇴장. 왕이 편지를 읽는다)
　　　　　지고하신 폐하, 알고 계시는지 모르겠사오나, 저는
　　　　　폐하의 왕국에 벌거벗은 채 상륙했습니다. 내일 폐
　　　　　하를 알현하기를 청하나이다. 뵙고 우선 폐하의 용
　　　　　서를 구한 다음 갑자기 기이하게 돌아오게 된 연유   45
　　　　　를 설명해 드리겠습니다.

　　　　　　　　　　　　　　　　　　　　　햄릿
대체 이게 무슨 말이냐? 다들 돌아왔단 말이냐?
무슨 속임수는 아니란 말이냐?

레어티즈　필체를 알아보시겠습니까?

왕   햄릿의 필적이다.   50
〈벌거벗은 채〉—
여기 추신에는 〈혼자〉라고 쓰여 있다.
무슨 일인지 알겠느냐?

레어티즈　영문을 모르겠나이다. 그러나 오라지요.
그자의 면전에 대고 외칠 생각만 하여도   55
가슴속 약한 심장이 뜨겁게 달아오릅니다.
〈너는 이제 죽었다.〉

왕   그렇다면, 레어티즈,
왜 하필 이런 일이 생겼을까 —⁵⁵

55 왕이 당황하여 자신도 모르게 내뱉은 말이다.

내 말대로 하겠느냐?

레어티즈　　　　참으로라고만 하지 않으신다면

그리하겠나이다.　　　　　　　　　　　　　　　　60

왕　그대의 마음을 풀어 주려 하노라.

그가 항해 중에 멈췄다가 이제 돌아와서

다시 돌아갈 생각을 않는다면

꼼짝없이 빠져들, 방금 생각해 둔 계략에

그를 몰아넣을 작정이다.　　　　　　　　　　　　65

그의 죽음에 대해서는 비난할 자가 없을 것이며

심지어 그의 어머니도 사고로 알아

비난하지 못할 것이다.

레어티즈　　　　　　폐하의 말씀을 따르겠나이다.

폐하의 계획이 그러하시면

저를 그 도구로 써주십시오.

왕　　　　　　　　　　옳도다. 그대가 떠난 후,　　70

그대에게 특출한 재주가 있다는 이야기를

햄릿 또한 들었다.

그대의 다른 모든 재주를 합쳐도

이것만큼 햄릿의 질투를 자아내지는 못했다.

과인이 보기에 그것은 그대의 재주 가운데　　　　75

가장 하찮은 것이지만.

레어티즈　　　　　그것이 무엇입니까?

왕　청년의 모자에 달린 리본 장식 같은 것이지만

필요한 것이기도 하지.

노인에게 편안함과 진중함을 뜻하는 모피 옷이 어울리듯,

청년에게는 가볍고 자유로운 의복이 어울리는 법이니까.　　80

두 달 전 노르망디의 한 신사가 이곳에 왔었다.

과인 역시 몸소 프랑스인들을 보고

맞서 싸우기도 해서 알고 있지만,

그들은 말을 잘 탄다.

그런데 이 무사는 마술(馬術)에 특별히 신통한 듯했다.　　85

안장에 아주 착 달라붙어 마치 자신이

그 훌륭한 동물과 한 몸이며 천성이 비슷한 것처럼

신기하게 말을 다뤘다.

그의 재주는 과인의 상상을 뛰어넘어, 그 묘기와 마장 마술을

설명할 길이 없구나.

레어티즈　　　　　　　노르망디 사람이라고 하셨습니까?　　90

왕　노르망디 사람이었다.

레어티즈　맹세코, 라모르입니다.

왕　　　　　　　　　그래, 바로 그자다.

레어티즈　소신은 그 사람을 잘 알고 있습니다.

프랑스인들이 보석이자 보물로 여기는 자입니다.

왕　바로 그자가 그대를 알고 있다고 말하며　　95

그대의 무술에 대해 찬사를 늘어놓았다.

그대의 장검술에 대해 특히 칭찬을 했는데

그대와 겨룰 자가 있다면 볼만할 것이라고 떠들었지.

그대와 맞선다면 자기 나라의 무사들은

공격과 방어, 보는 눈에 있어　　100

상대가 안 된다고 장담을 했다.

그의 이 칭찬이 햄릿의 질투심에 독기를 불어넣어

그는 그대가 빨리 돌아와서

자신과 한판 겨루기만을

바라고 고대해 왔다.   105

그러니 이것을 이용해서 —

레어티즈   이용하다니요?

왕 레어티즈, 아버지를 사랑했느냐?

아니면 그림 속 슬픈 얼굴처럼 심장 없는

맨 얼굴에 불과한 것이냐?

레어티즈   어찌 이런 질문을 하십니까?

왕 그대가 아버지를 사랑하지 않았다고 생각해서가 아니다.   110

사랑이란 상황에 의해 생겨나서 시간이 지남에 따라

그 열기와 불꽃이 시드는 법, 많은 사례를 보아

과인이 알고 있기 때문이다. 사랑의 열기 속에는

그 열기를 식히는 심지나 검댕이 있기 마련인 법,

한결같이 좋은 것은 없으며   115

선함도 웃자라면 그 과도함으로 소멸하지.

우리가 하는 바는 마음이 있을 때 해야만 한다.

이 〈하려는 마음〉도 변하고,

혀와 손과 우연찮은 사건만큼 많은 장애물과 지연으로

마음 약해지기 때문이지.   120

더군다나 이 〈해야만 한다는 마음〉 또한,

내뱉음으로써 몸을 상하게 하는 헤픈 한숨 같은 것.

그러나 종기의 뿌리를 찔러 말하자면,

햄릿이 돌아오고 있다. 그대는 그대 아버지의 아들임을

말로만 말고 무슨 행동으로 125

보여 줄 텐가?

레어티즈　　　　교회당에서라도 그의 목을 따겠습니다.

왕　살인에 면책을 줄 만큼 신성한 곳 없고,

복수는 한계를 모르는 법. 그러나 착한 레어티즈,

복수할 마음이 있거든 방 안에 숨어 있어라.

햄릿이 오면 그대가 돌아왔다는 사실을 알게 될 것이다. 130

짐이 그대를 칭찬할 사람들을 정해 놓고

그 프랑스인보다 그대를 곱절로 칭찬하게 할 것이며,

결국에는 그대 둘을 모아 놓고 내기를 벌이겠다.

부주의한 그는 더없이 허술하게,

전혀 낌새를 못 알아차리고 135

칼을 살펴보지도 않을 것이다.

그러면 그대는 쉽게, 아니면 은밀하게 슬쩍

끝을 무디게 하지 않은 칼을 골라 그 음모의 칼로

복수를 할 수 있을 것이야.

레어티즈　　　　　　　그렇게 하겠습니다.

그러기 위해서 제 칼에 독을 묻히겠나이다. 140

돌팔이 의사에게서 치명적인 고약을 샀는데

그것을 묻힌 칼에 스치기만 하면

달 아래 영험하다는 약초로 만든

어떤 희귀한 고약으로도

생명을 구할 수가 없습니다. 145

이 고약을 칼끝에 칠해서

햄릿이 스치기만 해도

죽게 만들겠나이다.

왕   더 생각해 보자. 어느 때, 어떤 방법이

우리의 역할에 적합할지 심사숙고해야 한다.

만일 이 일이 실패로 돌아가고, 어설피 행하다가 150

음모가 드러나게 되면 안 하느니만 못하니,

따라서 실패를 대비한 다른 복안을 마련해 두어야 한다.

가만있자, 생각을 좀 해보자.

과인은 그대들의 칼솜씨에 각각 상을 걸고 —

그렇지! 155

싸우다가 열이 나고 목이 마르면 —

그럴 목적으로 그를 더욱 거세게 공격해야 하는데 —

그는 물을 달라고 소리칠 테고, 그때를 대비해서

과인은 그에게 줄 술잔을 준비해 놓을 것이다.

이 술을 한 모금만 마시면, 설사 그대 독검의 일격을 160

우연히 피한다고 해도 우리들의 목적은

이루게 되리라. 그런데 가만, 이게 무슨 소란이냐?

왕비 등장.

왕비 불행은 발꿈치를 밟고서 빨리도 따라오는구나.

레어티즈, 너의 누이가 물에 빠져 죽었다.

레어티즈 물에 빠졌다고요? 아, 어디에서 말입니까?

왕비 버드나무 한 그루가 개울가에 비스듬히 자라

거울 같은 수면에 은색 잎을 비추는 곳이었다.

오필리아는 그 버드나무 잎과

미나리아재비, 쐐기풀, 데이지,

그리고 입 거친 목동들은 상스러운 이름으로 부르나 170

정숙한 처녀들은 죽은 사람의 손가락이라고 부르는

야생 난을 가지고 아름다운 화환을 만들었다.

그곳 늘어진 가지에 화관을 걸려고 올랐다가

심술궂은 가지가 부러지는 바람에

화관과 함께 자신도 175

눈물 흘리는 개울에 떨어지고 말았다.

펼쳐진 옷들이 인어처럼 받쳐 주는 동안

자신의 슬픔을 모르는 듯,

물속에서 태어나 그 속에서 자라난 듯,

그녀는 옛 노래 가락을 불렀다. 180

그러나 오래가지 않아 물먹은 옷이

그 불쌍한 것 달콤한 노래 멈추게 하고

죽음의 개흙으로 끌어 넣었다.

레어티즈   아, 그러고선 빠져 죽었군요.

왕비 빠져 죽었다, 빠져 죽었어.

레어티즈 불쌍한 오필리아, 너는 물을 많이도 먹었구나. 185

그러니 더 이상 내 눈물로 너를 수장하지 말아야겠다.

그러나 울음은 천성이라 아무리 창피한 노릇이라도

천성을 따라야겠다. (운다) 이 눈물 마르면 더 이상
여자 같은 연약함 내게 없으리. 안녕히 계십시오, 폐하.
이 어리석은 눈물들이 꺼뜨리지만 않는다면 활활 타오를   190
열화 같은 말들 많습니다만.   (퇴장)

왕   거트루드, 따라가 봅시다.
노여움을 달래느라 진땀을 뺐소.
이 일로 그가 다시 화를 낼까 걱정이오.
그러니 우리도 따라가 봅시다.   (퇴장)

제5막

제1장

두 명의 광대(무덤 파는 사람과 다른 사람) 등장.

광대1 그녀 스스로 자신의 구원을[56] 찾았는데도 기독교식으로 장례를 지내 준다는 말인가?

광대2 그렇다고 하지 않았나. 그러니까 자네는 빨리 무덤이나 파라고. 검시관이 판단해서 그 여자를 기독교식으로 장례 지내 주라고 했다네.

광대1 정당방위로 익사한 것이 아니고서야 어떻게 이런 일이 가능하단 말인가?

광대2 아니, 그렇다고 판명되었다니까 그러네.

광대1 그렇다면 틀림없이 이건 〈정당 행위 *se offendendo*〉로군. 이보게, 이게 요점인데, 내가 일부러 익사하면 그건

---

56 자살로 인한 저주를 이런 식으로 반대로 말하는 것은 광대들의 특징이다.

하나의 행위가 되는데, 행위에는 세 가지 요소가 있네.
즉, 행동과 행위와 실행이지. 따라서 그녀는 의도적으로
익사한 것이네.

광대2　아니, 들어 보게, 무덤 파는 양반 —

광대1　내 말 먼저 들어 보게. 자, 여기가 물이네. 그리고 여기　15
에 사람이 서 있고, 이 사람이 이 물가로 가서 빠져 죽으
면 어쨌든 그가 스스로 간 것이네. 알아듣겠나? 그러나
물이 이 사람에게 닥쳐서 익사시키면, 이 사람은 스스로
빠져 죽은 것이 아니네. 따라서 그에겐 자신의 목숨을 스
스로 단축시킨 죄가 없지.　20

광대2　법이 그런가?

광대1　암, 그렇고말고. 검시관의 조사법이지.

광대2　자네, 사실을 알고 싶은가? 만약에 이 여자가 양반집
딸이 아니었다면 말이지, 절대로 기독교식 장례는 치르
지 못했을 것이네.　25

광대1　그래, 이제야 바른말을 하는군. 대단한 양반들이 평민
들보다 이 세상에서 물에 빠져 죽거나 목매달아 죽을 수
있는 특권을 더 많이 가지고 있다는 사실이 참 애석하군.
자, 내 삽을 주게. 정원사와 도랑 치는 사람과 무덤 파는
사람을 제외하면 유서 깊은 양반은 없다네. 그자들만이　30
아담의 일을 유지하고 있으니까 말일세. 　(땅을 판다)

광대2　아담이 양반이었나?

광대1　그 사람이 이 세상 처음으로 양반집 문장을 가졌었지.

광대2　무슨, 말도 안 되는 소릴.

광대1 아니, 자네는 이교도인가? 성경을 어떻게 알고 있는 35
건가? 성경에 아담이 땅을 팠다고 쓰여 있지 않나. 그래,
아무 연장[57]도 없이 땅을 팔 수 있었겠나? 자네에게 다
른 수수께끼를 하나 내보지. 그걸 풀지 못하겠거든 졌다
고 인정하고 ──

광대2 어서 얘기나 하게.   40

광대1 자네, 석수장이와 조선공과 목수보다 튼튼한 것을 짓
는 사람이 누구인지 아나?

광대2 그야 교수대 만드는 사람이지. 수천 명 목숨보다 질긴
것을 짓지 않나.

광대1 그도 그럴듯한 대답이군. 교수대는 좋은 일을 하지. 45
아니, 어떻게 좋은 일을 하느냐고? 악한 일을 하는 놈들
에게 좋은 일을 하는 거지. 그런데 교수대가 교회보다 더
튼튼하고 오래간다고 한 셈이니 큰일 났군. 이제 자네는
교수대행이네. 자, 다시 대답해 보게.

광대2 석수장이와 조선공과 목수보다 튼튼한 것을 짓는 사 50
람이 누구냐는 말이지?

광대1 그래, 맞히면 오늘 일은 면해 주지.

광대2 그래, 알았네.

광대1 말해 보게.

광대2 이런, 모르겠는걸.   55

광대1 머리는 그만 쥐어짜게. 자네의 그 둔한 노새 걸음이

---

57 *arms.* 가문의 문장과 연장의 의미를 모두 지닌다.

때린다고 달라지겠나. 다음에 또다시 이런 수수께끼를 내거든, 그땐 〈무덤꾼〉이라고 대답하게. 그가 만드는 집은 세상 끝날 때까지 간다네. 자네, 요한네 술집에 가서 술 한 통 받아다 주게.

(광대2 퇴장, 광대1은 계속 무덤을 파며 노래한다)

젊어서 사랑을 할 땐, 사랑을 할 땐

달콤한 줄 알았더니,

아, 나이 들어 살 만하니

아, 달콤한 것 하나 없구나.

햄릿과 호레이쇼 등장.

햄릿 무덤을 파면서 저렇게 노래를 부르다니 저자는 도대체 65
자신이 무슨 일을 하고 있는지 생각을 하는 친구인가?
저 망나니가 해골들을 땅에다 패대기치는 꼴 좀 보게나.

호레이쇼 습관이 그를 무감각하게 만들어 버렸지요.

햄릿 그도 그렇겠군. 쓰지 않는 손이 감각은 가장 예민한 법
이니. 70

광대1 (노래한다)

세월이 살금살금 다가와서는,

발톱으로 나를 움켜잡아서는,

흔적도 없이

무덤으로 던져 버렸네. (해골을 하나 집어 던진다)

햄릿 호레이쇼, 저것 보게. 저 해골도 한때는 혀가 있어 노래 75

할 수 있었겠지. 첫 번째 살인자인 카인의 턱뼈라도 되는 것처럼 저 녀석이 해골을 땅에 내동댕이치는 모습, 자네도 보이나? 저 얼간이가 가지고 놀고 있는 저 해골은 어쩌면 하느님마저 속여 넘기던 음모꾼의 것이었는지도 모르지. 안 그런가?   80

호레이쇼 그럴지도 모르죠.

햄릿 아니, 아니야. 어쩌면 〈대감님, 안녕히 주무셨습니까? 요즘 평안하십니까, 대감님?〉 하고 말하던 조신의 것인지도 모르지. 어떤가? 아무개 대감의 말이 갖고 싶어서 그 말을 칭찬하던 아무개 대감 말일세. 그치의 해골인지   85
도 모르지. 안 그런가?

호레이쇼 그렇습니다.

햄릿 아니, 확실히 그렇다네. 그러나 지금은 구더기 아가씨의 소유가 되어 턱도 없이 골통을 무덤꾼의 삽으로 얻어맞고 있구먼. 이거야말로 훌륭한 변화야. 우리에게 이를   90
알아볼 수 있는 재주만 있으면 좋으련만. 그래, 이 뼈다귀들은 막대 치기 놀이에나 쓰이려고 밥그릇을 축냈더란 말인가? 생각만 해도 가슴이 아프네.

광대1   (노래한다)
　　곡괭이 한 자루와 삽 한 자루, 삽 한 자루
　　거기다 수의 한 벌   95
　　파놓은 진흙 구덩이
　　이런 손님에겐 제격이구나.

　　　　　　　　　　　　　　　(또 하나의 해골을 집어 던진다)

햄릿 보게, 또 해골을 던지는군. 저건 어떤 변호사의 해골이
아닐까? 그래, 그 변호사의 전문 용어와 알 수 없는 괴변
과 소송 사건과 토지 소유권과 속임수 쓰던 재주는 다 어   100
디로 갔단 말인가? 어째서 저 무례한 녀석에게 흙 묻은
삽으로 대갈통을 얻어맞고도 상해죄로 그를 고발하지 않
는 것인가? 흠, 보아하니 저 녀석도 살아생전에는 자신
의 법규니 양도 증서니 벌과금이니 연대 보증이니 소유
권 반납이니 하며 땅깨나 사들였겠군. 그래, 그 벌과금의   105
끝이며, 소유권 반납의 이득이 고작 고운 흙으로 가득 채
운 작은 머리통이란 말인가? 그의 보증인들도 이제는 그
의 구매를 보증해 주지 않고, 연대 보증인들도 한 장의
양도 증서만큼도 효력이 없단 말인가? 그래, 저기 있는
저 관 속에는 토지 양도 증서도 다 넣어 둘 수 없는데, 그   110
귀하신 상속자 양반이 저만큼밖에는 차지하지 못한단 말
인가?

호레이쇼 단지 그 정도밖에는 못 차지하죠.

햄릿 양피지는 양가죽으로 만들지 않나?

호레이쇼 맞습니다. 송아지 가죽으로도 만들죠.   115

햄릿 그런 것으로 보증서를 만드는 자들은 양이나 송아지 같
은 사람들이네. 이자에게 말을 걸어 봐야겠군. 여봐라,
이게 누구 무덤이냐?

광대1 제 것입죠, 나리.   (노래한다)

     파놓은 진흙 구덩이 —   120

햄릿 자네가 그 안에 있으니[58] 자네 것이 맞겠군.

광대1 나리는 그 밖에 있으니 나리 것은 아니죠. 저로 말하자면 이 안에 누워 있지는 않지만, 이 무덤은 제 것입니다.

햄릿 그 안에 서서 그 무덤이 자네 것이라고 주장하니, 자넨 거짓말을 하고 있는 셈이군. 그건 산 사람이 아니라 죽은 125 사람을 위한 것이니, 자네는 거짓말을 하고 있는 것이네.

광대1 그 거짓말에는 발이 달려 있어서 저에게서 나리께로 옮겨 갈 겁니다.

햄릿 어떤 놈을 위해서 무덤을 파고 있나?

광대1 남자가 아닙니다요. 130

햄릿 그럼 어떤 여자냐?

광대1 여자도 아닙니다.

햄릿 아니, 이 속엔 누가 묻힐 건가?

광대1 생전에 여자였던 작자입죠. 그러나 애석하게도 죽어 버렸습니다. 135

햄릿 정말 까다로운 녀석이군. 해도(海圖)를 펴놓고 얘기를 해야지, 안 그랬다가는 애매함 때문에 다 망쳐 버리겠어. 호레이쇼, 내가 요 3년 동안 살펴봤는데, 촌뜨기의 발톱이 조정 대신의 발꿈치에 맞닿아서 그 발꿈치 상처를 쓰리게 할 정도가 되었네. 그래, 자네는 얼마 동안이나 무 140 덤 파는 일을 해왔나?

광대1 돌아가신 선왕 햄릿이 포틴브라스를 제압하신 그해 그날부터입니다.

---

58 *for thou liest in't.* 〈그 안에서 거짓말을 하니〉라는 해석도 가능하다. 광대는 이어지는 대사로 이런 말장난을 받는다.

햄릿 그로부터 얼마나 된 건가?

광대1 그날을 모른단 말입니까? 바보라도 알 수 있는 것을. ₁₄₅
미쳐서 영국으로 쫓겨난 젊은 햄릿이 태어난 바로 그날
이지요.

햄릿 아, 그렇군. 햄릿이 왜 영국으로 쫓겨나게 됐지?

광대1 왜긴요, 미쳤기 때문이죠. 그곳에서는 정신을 차리실
겁니다. 하긴, 정신을 못 차려도 그곳에서야 대수롭지 않 ₁₅₀
은 일이죠.

햄릿 왜지?

광대1 거기선 미친 것이 눈에 띄지 않기 때문이죠. 그곳에서
는 사람들이 다들 햄릿만큼 미쳐 있죠.

햄릿 어떻게 그가 미치게 되었지? ₁₅₅

광대1 소문에 따르면 매우 이상하다고 합니다.

햄릿 어떻게 이상하단 말인가?

광대1 사실은, 정신이 나간 거죠.

햄릿 무슨 연고로?[59]

광대1 바로 이곳 덴마크에서죠. 저는 이곳에서 어릴 때부터 ₁₆₀
30년 동안이나 무덤 파는 일꾼 노릇을 했습니다.

햄릿 사람이 땅속에 얼마나 있으면 썩게 되는가?

광대1 글쎄요, 사실 매장되기 전에 이미 썩어 있지만 않으면
한 8~9년은 가는 법이지요. 그러나 요즘엔 매독에 걸려
곰보딱지가 된 시신 일색입니다. 무두장이라면 8~9년 ₁₆₅

---

59 *Upon what ground?* 〈ground〉에는 〈땅〉이라는 뜻도, 〈이유〉라는 뜻도 있다.

은 족히 버틸 겁니다.

햄릿 어찌 그런가?

광대1 직업이 직업이니만큼 자신의 살가죽을 단단히 무두질
해 놔서 방수가 되기 때문이죠. 송장 집어삼키는 데는 물
이란 놈이 제일가는 적이거든요. 여기 이것 보이십니까? 170
이놈의 해골은 말이죠, 23년 동안이나 땅속에 묻혀 있던
것입니다.

햄릿 누구의 해골인가?

광대1 미친 개자식의 것입니다. 누구의 것인지 맞혀 보시겠
습니까?
175

햄릿 글쎄, 모르겠는걸.

광대1 염병에나 걸려 뒈질 놈이었죠. 이 자식이 언젠가 제
머리통에 라인산 포도주 한 바가지를 쏟아부었죠. 이 작
은 것은 왕의 어릿광대였던 요릭이란 자의 해골입니다.

햄릿 이것이?   (해골을 받아 든다) 180

광대1 바로 그렇습니다.

햄릿 아 불쌍한 요릭. 호레이쇼, 내가 이자를 아는데, 상상력
이 더없이 풍부하고 한량없이 재미있는 친구였네. 나를
수없이 업어 주었지. 그런데 이제는 그 일을 생각만 해도
끔찍하군. 이 모습을 보고 있자니 구역질이 나는걸. 내가 185
골백번도 더 입 맞췄던 입술이 여기 붙어 있었는데 이제
는 끔찍하구먼. 좌중을 흔들던 그대의 그 번쩍이던 재담
과 놀이는 이제 다 어디로 갔느냐? 이제는 그대의 이빨
드러낸 웃음을 놀려 줄 사람 하나 없단 말이냐? 아래턱

이 완전히 떨어져 나갔단 말이냐? 이제 여인의 규방에나 ₁₉₀ 가서 알려 주어라. 한 뼘이나 되는 짙은 분칠을 한다 하여도 결국은 이 꼴이 되고 만다고 말하며 웃겨 주어라. 호레이쇼, 한 가지만 대답해 주게.

호레이쇼 무슨 질문이신지?

햄릿 자네가 생각하기에는 어떤가? 알렉산더도 죽어서는 이 ₁₉₅ 꼴일까?

호레이쇼 그렇겠죠.

햄릿 그리고 이렇게 악취도 나고? 으악! (해골을 내려놓는다)

호레이쇼 도리 없이 그렇겠죠.

햄릿 호레이쇼, 우리는 죽은 후에 얼마나 지저분한 용도로 ₂₀₀ 쓰이게 될까? 상상을 따라가다 보면 알렉산더의 고귀한 유골도 술통 마개로 변하지 않겠나?

호레이쇼 그렇게까지 생각하시는 것은 너무 지나친 것이 되겠지요.

햄릿 아니, 전혀 그렇지 않네. 거기까지 더듬어 가는 일은 조 ₂₀₅ 금도 지나친 일이 아니고 있을 법한 일이네. 알렉산더가 죽고, 알렉산더가 매장되고, 알렉산더가 흙이 되면, 그 흙으로 우리가 진토를 만들지. 이제 알렉산더는 진토가 되었으니 때가 되면 술통 마개가 되지 말라는 법도 없지 않은가?   ₂₁₀

제국을 다스리던 시저도 죽어 진토되어
바람을 막아 줄 구멍 마개로 쓰이겠구나.
아, 세상을 압도하던 그 흙이

겨울 한풍 막아 내려 벽이나 바르다니.

그런데 조용, 잠시 조용. 215

왕과 왕비, 조신들이 오고 있구나.

　　　왕과 왕비, 레어티즈와 다른 대신들과 귀부인들이

　　　　　신부를 대동한 채 관을 앞세우고 등장.

　　　　　　　　　　　　　누구의 장례일까?

격식도 저렇게 차리지 않고?

저들이 따르고 있는 시체는

절망 끝에 스스로 목숨을 끊은 것이 분명하군.

잠시 숨어서 지켜보세. 220

레어티즈 다른 예식은 없소?

햄릿 레어티즈군. 훌륭한 청년이지. 지켜보세.

레어티즈 이게 다란 말이오?

신부 저희들이 허락받은 한 최대한으로 치른 장례입니다.

　그녀의 죽음은 석연치가 않아서, 폐하의 명령만 아니었다면 225

　최후 심판의 나팔 소리 울릴 때까지

　축성도 받지 못하고 매장되었을 것입니다.

　자비를 비는 기도가 아니라

　사금파리, 돌조각, 자갈과 함께 묻힐 뻔했죠.

　하지만 처녀의 화관도 허락했고, 230

　처녀의 장례로 꽃도 뿌려 주었고,

　종을 울리며 매장 의식도 치러 주었습니다.

레어티즈   더 해줄 것이 없단 말이오?

신부   더 해드릴 것이 없습니다.

편히 세상 떠난 사람들에게 하듯이

그녀에게 편히 쉬라고 진혼 미사를 노래하는 것은   235

장례 의식을 모독하는 것입니다.

레어티즈   누이를 땅에 눕혀라.

그녀의 아름답고 정결한 육신에서 제비꽃이 피어나리라.

그래, 똑똑히 들어 두어라, 이 얼간이 같은 신부 놈아.

네가 지옥에서 신음하는 동안 내 누이는

수호천사가 되어 있을 것이다.

햄릿   아, 아름다운 오필리아가!   240

왕비 (꽃을 뿌리며) 달콤한 처녀에게 달콤한 꽃들을.

잘 가거라. 네가 내 며느리 되기를 바랐건만.

아름다운 처녀여, 너의 신혼 방을 꾸며 줄 줄만 알았지,

너의 무덤에 꽃 뿌릴 줄은 꿈에도 몰랐구나.

레어티즈   사악한 행동으로

너의 총명한 정신 앗아 간 그 저주받은 자의 머리에   245

삼중의 고통이 열 배나 더하리라.

흙 덮는 일을 잠시 중지하라.

누이를 한 번 더 껴안아야겠다.   (무덤 속으로 뛰어든다)

자, 이제 산 자와 죽은 자 위에 흙을 부어

하늘에 맞닿은 푸른 올림포스 산정이나   250

오래된 펠리온 산을 능가할

언덕을 쌓으라.

햄릿　　　　　　저렇게 탄식하는 자 도대체 누구냐?

　그 통곡의 소리 너무나 커서

　떠도는 별들도 놀라움에 질린 사람들처럼

　걸음을 멈추는구나.　　　　　　　　　　　　　255

　나는 덴마크 사람 햄릿이다.　　(레어티즈를 따라 뛰어든다)

레어티즈　(붙들고 싸우면서) 이 죽일 놈!

햄릿　　　　　　　　　　　　　　　　입이 험하군.

　내 목덜미를 붙잡은 이 손을 치워라.

　나도 성깔이 있으니

　건드리지 않는 것이 현명할 터,　　　　　　　260

　손을 치워라!

왕　저들을 떼어 놓아라.

왕비　햄릿! 햄릿!

일동　자, 두 분 모두!

호레이쇼　왕자마마, 진정하십시오.　　　　　　　265

햄릿　내 눈꺼풀이 움직이지 않을 때까지

　이 문제를 두고 그와 싸우겠다.

왕비　오, 나의 아들아, 무슨 문제란 말이냐?

햄릿　전 오필리아를 사랑했습니다. 4만 명 오라비의 사랑을

　모두 합친다고 해도 제 사랑만큼은 안 될 겁니다.　　270

　(레어티즈에게) 그대는 오필리아를 위해 무엇을 할 셈이냐?

왕　아, 레어티즈, 그자는 미쳤다.

왕비　제발 그를 가만 놔두어라.

햄릿　제기랄, 무슨 짓을 하려는지 내게 말해 보라.

울고, 싸우고, 금식하고, 스스로를 찢고, 식초를 마시고, 275
악어를 먹겠다는 거냐? 그런 거라면 나도 하겠다.
무덤 속에 뛰어들어 나를 면박하고 징징거리기 위해
이곳에 왔단 말이냐?
산 채로 오필리아와 묻히겠다면 나도 그렇게 하겠다.
그대가 산을 두고 떠들어 댄다면, 우리 무덤이 그 머리끝을 280
태양에 그을리고 오사 산을 티눈처럼 보이게 할 때까지
나와 오필리아 위에 수억 평의 흙을 쌓아 올리게 하겠다.
아니, 그대가 떠벌릴 참이면
나도 그대와 마찬가지로 떠들어 대겠다.

왕비   완전 미친 짓이군.
발작이 얼마간 가겠지만   285
두 마리 새끼를 보여 주면
얌전해지는 암비둘기처럼
곧 잠잠해질 것이오.

햄릿   그대가 나를
이처럼 대하는 이유가 무엇인가, 레어티즈?
나는 늘 그대를 사랑했네. 그러나 이건 상관없는 얘기. 290
헤라클레스가 무슨 짓을 하든지
고양이는 울 것이고, 개는 짖어 댈 테지.   (퇴장)

왕 부탁하노니, 호레이쇼, 햄릿을 돌봐 주게. (호레이쇼 퇴장)
(레어티즈에게) 우리의 지난번 이야기를 생각하고 참아라.
짐은 그 계획을 즉각 실행에 옮기겠다.   295
거트루드, 아들을 잘 감시하시오.

이 무덤에는 영원한 비석을 세울 것이다.
곧 만사가 조용해질 터,
그때까지는 차분하게 일을 진행해야 하리니.   (퇴장)

제2장

햄릿과 호레이쇼 등장.

햄릿 이 문제는 이쯤 해두고, 이제 다른 문제를 거론하겠네.
자네는 자초지종을 기억하고 있겠지?

호레이쇼 기억하다마다요.

햄릿 난 마음속에 깊은 번민이 있어 잠 못 이루고 있었네.
폭동을 일으켜 쇠사슬에 묶인 선원들보다 내 처지가   5
심하다고 생각되더군. 성급하게 ─ 때로는 성급함이
좋을 때도 있는 법이지. 꼼꼼한 계획이 틀어질 때는
무분별함이 득이 되는 경우도 있다는 점을 기억하세.
이는 우리가 아무리 일을 벌이더라도 마무리해 주시는
하느님의 힘이 있다는 사실을   10
가르쳐 주는 것이네.

호레이쇼   확실히 그러하지요.

햄릿 그래, 선실에서 벌떡 일어나 선원 복장을 걸치고
어둠 속을 더듬어 친구들을 찾아내어
그들의 꾸러미를 손에 넣고 마침내

내 방으로 돌아와서는 용기를 내어 ₁₅

두려움으로 예의를 잊고

그들의 국서를 뜯어보았지.

거기에는, 아, 호레이쇼, 간악한 왕의 술수!

나를 살려 두면 위험하다는 말과,

덴마크와 영국의 안녕에 관해 ₂₀

잡다하게 지어낸 이유들을 들어

편지를 읽는 즉시 지체하지 말고

아니, 도끼를 갈 틈도 주지 않고

바로 내 목을 치라는

엄명이 적혀 있었네.

호레이쇼   그럴 수가! ₂₅

햄릿 이것이 그 국서이니 틈나거든 읽어 보게.

내가 어떻게 했는지 들어 보겠나?

호레이쇼 들려주십시오.

햄릿 이렇게 사방에서 악당들의 계략에 걸리니 —

서곡을 생각도 하기 전에 ₃₀

내 마음은 이미 연극을 시작하더군.

나는 앉아서 새 국서를 꾸며 곱게 적었네.

한때는 나도 우리 나라 정치인들과 마찬가지로

고운 필치를 천한 것으로 여긴 터,

배운 것을 잊어버리려 무척 애를 썼지. ₃₅

그러나 이게 이번에는 요긴하게 도움이 되었어.

내가 뭐라고 썼는지 알고 싶은가?

호레이쇼   그렇습니다, 왕자마마.

햄릿 영국이 덴마크의 충실한 조공국인 까닭에

두 나라 사이의 우호가 야자수처럼 번성하기를 바라며

평화의 신이 밀보리 화환을 이마에 두르고   40

두 나라의 친선을 맺어 주기를 바라기에 등등의

이런저런 중요한 이유를 덧붙여서,

왕의 진지한 명령이니

영국 왕은 국서의 내용을 읽고 이해하자마자

더 이상 왈가왈부하지 말고   45

이 국서를 가지고 간 자들을 고해할 시간도 없이

즉시 처형하라고 했지.

호레이쇼   봉인은 어떻게 했습니까?

햄릿 그것도 하늘이 도왔네.

덴마크의 옥새를 본뜬 아버지의 도장 반지를

지갑에 지니고 있어서, 원래의 편지 모양으로   50

내 편지를 접어 거기다 서명을 하고 도장을 찍은 후

바뀐 사실을 아무도 모르게 감쪽같이

도로 갖다 두었네.

이제 다음 날 해적선을 만났고,

그다음부터는 자네도 이미 알고 있는 대로네.   55

호레이쇼 그렇게 로젠크란츠와 길던스턴은 황천길로 갔군요.

햄릿 그들이 자처한 일이네.

스스로 끼어들어 파멸을 맞은 것이니

그들에 대해서 양심의 가책은 없네.

강적들의 잔인한 칼싸움에   60
천한 것들이 끼어드는 일은
위험천만이라네.

호레이쇼   그런 인간이 왕이라니!

햄릿 아버지인 선왕을 살해하고 내 어머니마저 차지하고
왕위에 오를 나의 희망을 꺾어 버리고
그런 더러운 속임수로 내 목숨을 빼앗기 위해   65
낚싯대를 던진 이런 인간을 이 손으로 해치우는 것이
이제 내가 해야 할 올바른 일이라고
그대는 생각하지 않나? 이런 인간 벌레를
가만히 둬서 더 못된 짓을 하게 하는 것은
저주받을 일이 아니겠나?   70

호레이쇼 조만간에 영국의 왕이
그곳에서 일어난 일의 결과를 왕에게 알릴 것입니다.

햄릿 조만간 그러겠지. 그러나 그동안의 시간은 내 것이네.
그리고 인생이란 〈하나〉라고 세는 동안의 찰나에 불과하지.
그러나 호레이쇼, 레어티즈에 대해   75
내가 이성을 잃은 것은 유감이네.
내 처지에 비춰 보니 그의 슬픔을 알 것 같군.
그와 화해하겠네.
그렇지만 그가 슬픔을 격렬하게 표현하는 바람에
나도 화가 치밀어 오른 것이네.

호레이쇼   쉿, 누가 오는 것 같은데요?   80

궁신 오스릭 등장.

오스릭 왕자마마, 덴마크에 잘 돌아오셨습니다.

햄릿 고맙네. (호레이쇼에게) 자네는 혹시 이 물파리를 알고
있는가?

호레이쇼 아니, 모릅니다.   85

햄릿 차라리 모르는 것이 약이네. 저자를 안다는 것은 그야
말로 해악이니까. 저자는 비옥한 땅을 많이 가지고 있지.
짐승도 짐승의 왕이 되다 보면 자기 먹이통을 왕의 식탁
에 올려놓게 되는가 보네. 이 농부 같은 자가, 가진 땅은
넓단 말이지.   90

오스릭 왕자마마, 틈을 내주신다면 폐하의 전갈을 전달해 드
리겠습니다.

햄릿 성심껏 들어 보겠네. 모자는 머리에 쓰라고 있는 것이
니 모자를 쓰게.

오스릭 감사합니다. 너무 더워서요.   95

햄릿 아닐세, 내 말을 믿어 보게. 사실이지 북풍이 불어오는
바람에 매우 춥거든.

오스릭 정말 꽤 춥군요.

햄릿 그렇지만 지금 보니 내 체질에는 무척이나 후텁지근하
군그래.   100

오스릭 정말 그렇군요. 매우 후텁지근하군요. 말하자면, 어
떻게 말씀드려야 할지 모르겠습니다. 폐하께서 왕자마마
쪽에 큰 내기를 거셨다고 이르라고 분부하셨나이다. 전

갈 내용인즉슨 ─

햄릿 (오스릭에게 모자를 쓰라고 손짓하며) 자네가 기억해야 105
할 것은 ─

오스릭 아닙니다, 왕자마마, 진정으로 이대로가 편합니다.
최근 레어티즈 경이 궁정으로 돌아왔습니다. 정말이지
완전한 신사요, 재주가 특출한 분이며, 예의 바른 멋쟁이
시죠. 정녕, 제가 그분을 아니까 드리는 말씀인데, 그분 110
은 신사다운 행동의 모범이자 총화라고 할 수 있습니다.
신사가 보여 줄 수 있는 모든 것을 다 보여 주는 분이시
라고 할 수 있죠.

햄릿 그의 여러 가지 특성을 그런 식으로 열거하는 것은 기
억의 구구단을 어지럽히고, 그를 쫓아가려다가는 뒤처지 115
고 말겠지만, 자네의 묘사에서 그는 손해 보는 것이 없겠
군. 그러나 진실로 칭찬하자면 나는 그를 큰 인물로 여기
고 있고, 또한 진실로 그의 자질은 너무나 귀하고 소중해
서 그와 비슷한 사람은 그의 거울에나 있으며, 그를 따르 120
려 하는 자는 단지 그의 그림자에 불과하다고 생각하고
있다네.

오스릭 가장 정확하게 말씀하십니다.

햄릿 그런데 이런 이야기들은 다 무엇 때문이지? 왜 그 양반
을 우리들의 거친 숨결로 포장하고 있는 건가? 125

오스릭 무슨 말씀이신지?

호레이쇼 다른 방식으로는 말할 수 없겠소? 정말로 왕자님을
화나게 하고 있군.

햄릿 그 신사분의 성함이 뭐라고 했지?

오스릭 레어티즈 경 말씀이십니까?

호레이쇼 벌써 밑천이 다 떨어진 모양이군. 주옥 같은 말을
　　모조리 써버렸으니.

햄릿 그래, 그 사람일세.

오스릭 소신이 알기에는 왕자마마께서도 알고 계신 ─ 135

햄릿 자네가 알고 있기를 바랐네. 자네가 알고 있다고 해서
　　내게 득될 것도 없지만. 그래서?

오스릭 레어티즈 경의 훌륭함은 왕자마마께서도 알고 계신
　　바와 같이 ─

햄릿 훌륭하다는 점에서 그와 비교되고 싶지 않기 때문에, 140
　　그를 안다고는 감히 말하지 못하겠네. 그러나 남을 잘 아
　　는 것은 자신을 잘 아는 것이나 마찬가지지.

오스릭 제 말씀은 그의 무술이 뛰어나다는 겁니다. 그의 무
　　술을 평가하는 사람들 말로는, 따를 자가 없다고 합니다.

햄릿 그는 무슨 무기를 쓰는가? 145

오스릭 장검과 단검입니다.

햄릿 그가 쓰는 무기 중의 두 개로군. 그건 그렇고?

오스릭 폐하께서는 왕자님 쪽에 바바리아산 말 여섯 필을 저
　　당하셨고, 레어티즈 경 쪽에는 혁대와 칼 걸이 등 모든
　　부속 장비들을 갖춘 프랑스제 장검 여섯 자루를 저당하 150
　　셨습니다. 진실로 말씀드리건대, 운반기 세 개는 매우 정
　　교하게 만들어진 것이고 칼자루와 어울리며, 장식이 화
　　려한 것들입니다.

햄릿 운반기라니, 대체 무엇인가? ¹⁵⁵

호레이쇼 자네는 말을 하기 전에 먼저 주석의 설명을 달아야 겠군.

오스릭 운반기란 칼 걸이입니다.

햄릿 우리가 허리춤에 대포를 차고 다닐 수만 있다면 이 단 어는 그 표현에 더욱 어울리겠군. 그 전까지는 그냥 〈칼 ¹⁶⁰ 걸이〉라는 단어가 나로서는 무방하겠네. 어쨌든 말을 계 속하게. 부속 장비와 화려하게 장식된 운반기를 포함한 프랑스제 칼 여섯 자루 대 바바리아산 말 여섯 필이라. 이거야말로 덴마크 대 프랑스의 대결이군. 그런데 어떻 게 해서 자네 말대로 이런 〈저당〉을 하게 되었는가? ¹⁶⁵

오스릭 폐하께선 왕자마마와 레어티즈 경 간의 열두 합에서 레어티즈 경이 세 번 이상은 이기지 못하리라 장담하셨 기에 12대 9로 내기를 거셨습니다. 왕자마마께서 승낙해 주시면 바로 시합이 치러질 것입니다. ¹⁷⁰

햄릿 내가 거절하면 어떻게 되지?

오스릭 소신이 말씀드리는 바는 왕자마마께서 시합에서 대 적을 하시게 되었다는 겁니다.

햄릿 나는 이 방에서 거닐고 있겠네. 마침 나의 운동 시간이 니 폐하께서 원하시고 레어티즈만 괜찮다 하거든 시합용 ¹⁷⁵ 칼을 갖다 주게. 폐하가 약속을 지키신다면 할 수 있는 한 이겨 보지. 진다 해도 치욕스럽게 덤으로 준 3점을 잃 는 것밖에 더하겠나.

오스릭 그렇게 전할까요?

햄릿 자네의 성품대로 무슨 멋을 부리든지 간에 이런 취지로 180
전달하게.

오스릭 소신의 충성을 왕자마마께 천거하나이다.

햄릿 잘 가게. 잘 가. (오스릭 퇴장)
저자는 자신을 칭찬해 줄 사람이 아무도 없으니 스스로 천
거하는 것이 좋겠지. 185

호레이쇼 저 도요새 같은 얼간이가 껍질을 머리에 쓴 채 달아
나는군요.

햄릿 저자는 젖꼭지를 빨기도 전에 젖꼭지를 향해 인사부터
했을 작자네. 나는 이런 타락한 시대의 환호를 받는 저런 190
무리들을 많이 알고 있는데, 죄다 유행하는 말투만을 배
운 작자들이지. 습관적으로 접하다 보니 할 수 없이 알짜
배기 생각을 가진 사람들과 어울리기 위해 부풀린 대화
를 하고 있지만, 시험 삼아 한번 훅 불어 보면 부푼 거품
은 꺼져 버리는 법이네. 195

대신 등장.

대신 왕자마마, 오스릭이 돌아와서 폐하께 아뢰기를 왕자께
서 이 방에서 기다리신다더군요. 폐하께서는 왕자께서
레어티즈와 시합을 하실 것인지, 아니면 나중에 하실 것
인지를 알아 오라고 소신을 보내셨습니다.

햄릿 내 뜻은 변함없이 항상 폐하의 의중을 따르는 것이오. 200
폐하가 원하신다면 나는 준비가 되어 있소. 지금처럼 몸

만 성하다면 당장, 아니면 언제든지 좋소.

대신 왕과 왕비와 모든 대신들이 이곳으로 오고 계십니다.

햄릿 마침 잘됐군.

대신 왕비마마께서는 왕자마마께서 시합을 하시기 전에 레 ₂₀₅
어티즈에게 예의를 갖추시기를 바라고 계시나이다.

햄릿 지당하군.   (대신 퇴장)

호레이쇼 왕자마마께서 지실 것 같습니다.

햄릿 내 생각은 다르네. 그가 프랑스로 간 이후로 나도 꾸준
히 연습을 해왔어. 내가 3점 덤으로 이길 걸세. 자네는 ₂₁₀
내 가슴속에 얼마나 걱정이 많은지 모르겠지. 그러나 이
건 중요한 문제가 아니네.

호레이쇼 아니, 왕자마마.

햄릿 그건 어리석은 불안에 불과하네. 여자들의 마음을 불안
하게 할 그런 종류의 불안이지.   ₂₁₅

호레이쇼 내키지 않으시거든 그만두십시오. 소신이 가서 왕
자마마의 몸이 좋지 않다고 아뢰겠나이다.

햄릿 걱정 말게. 나는[60] 조짐 같은 것은 믿지 않네. 참새 한
마리 떨어지는 데도 특별한 섭리가 있는 법.[61] 죽음이 이
제 오면 다음에는 오지 않을 것이고, 다음에 오지 않는다 ₂₂₀
면 지금 오겠지. 아니면 나중에 올 것이고. 준비가 중요
하네. 죽을 때 자신이 남길 것을 아는 이는 없는 터, 일찍
죽은들 무슨 상관인가? 올 테면 오라 하게.

---

60 원문에는 〈짐we〉으로 표현되어 있다. 햄릿은 이곳에서 스스로를 높이고 있다.
61 「마태오의 복음서」 10장 29절 참조.

탁자가 마련되고 나팔 소리, 북소리와 더불어
관리들이 방석을 가지고 등장.
왕과 왕비, 레어티즈, 오스릭과 모든 조정 대신들과 시종들이
시합용 칼과 단검을 가지고 등장.

왕 자, 햄릿, 이리 와서 이 손을 잡아라.
                          (레어티즈의 손을 햄릿의 손에 쥐여 준다)
햄릿 레어티즈 경, 용서하시오. 일전에는 내가 잘못했소.   225
그러나 신사답게 용서해 주시오.
여기 계신 분들도 알고 계시고, 경도 들어서 알겠지만
나는 심한 정신 착란을 앓고 있소.
그대의 감정과 명예심과 불쾌감을 자극했을 나의 소행은
내가 이곳에서 단언하지만 나의 광기 때문이었소.   230
레어티즈 경에게 잘못을 범한 것이 햄릿이었소?
그건 결코 햄릿이 아니오.
햄릿이 본심을 잃고 제정신이 아닌 상태에서
레어티즈 경에게 잘못을 했다면
그것은 햄릿이 한 짓이 아니지. 햄릿은 부정하오.   235
그럼 누구 소행이겠소? 햄릿의 광기요.
사정이 그렇다면 햄릿은 오히려 잘못을 당한 편이오.
그의 광기는 불쌍한 햄릿의 적이오.
여기 모이신 분들 앞에서
내가 악의 없었음을 천명하노니   240
경의 관대한 마음으로 나를 용서해 주시오.

지붕 위로 쏜 화살이

형제를 다치게 한 꼴이 되었소.

레어티즈   나를 복수심으로 불태웠던

감정은 이제 풀렸소.

그러나 고매하신 어르신들께서   245

나의 명성이 상처 입지 않은 채 보존될

화해의 선례들을 말씀해 주시기 전까지

모욕감은 사라지지 않을 거요.

그래도 그때까지는

우정을 우정으로 받아들이고   250

그대에게 딴마음 품지 않겠소.

햄릿   그대 대답을 전적으로 껴안고

이 형제간의 내기를 정직하게 하겠소.

자 칼을 주시오.

레어티즈   자, 내게도 하나 주시오.

햄릿   레어티즈 경, 내 솜씨 미숙하니 그대의 재주를   255

빛내 줄 뿐이오. 나의 미숙함 가운데서 그대의 솜씨는

어두운 밤하늘의 별처럼 진정 밝게 빛날 거요.

레어티즈   놀리는군.

햄릿   이 손에 맹세코, 아니오.

왕   오스릭, 그들에게 칼을 주어라. 조카 햄릿,

내기가 걸렸음을 알고 있느냐?

햄릿   잘 알고 있습니다, 폐하.   260

약자 편에 내기를 거셨더군요.

왕 과인은 걱정하지 않는다. 두 사람을 다 봐온 바다.

　그러나 레어티즈가 워낙 뛰어나니 짐은 덤을 두었다.

레어티즈 이건 너무 무거우니 다른 칼을 갖다 주시오.

햄릿 이게 맘에 드는군. 길이가 같은 칼들인가?　　　　　265

오스릭 그렇습니다, 왕자마마.　　(두 사람은 시합을 준비한다)

　　　　　하인들이 포도주 통을 들고 등장.

왕 탁자 위에 술잔들을 올려놓아라.

　햄릿이 첫 번째 혹은 두 번째 득점을 하게 될 때,

　아니면 세 번째 겨루기를 맞받아칠 때

　모든 포대에서 대포를 발사하라.　　　　　270

　햄릿이 더욱 기운을 내도록 짐이 술잔을 들 것이다.

　잔에는 4대째 덴마크 왕관에 매달려 있던 것보다

　더 큰 진주를 떨어뜨리리라. 자, 과인에게 잔을 달라.

　쇠북을 울려 나팔 소리에 화답하게 하고

　나팔 소리는 밖의 대포 소리에 화답하게 하고　　　　　275

　대포 소리는 하늘에, 하늘은 땅에 화답하게 하라.

　〈이제 왕이 햄릿을 위해 축배를 드신다〉라고.

　자, 시작하라. 그리고 그대 심판관들은

　두 눈 부릅뜨고 지켜보라.

햄릿 자, 덤비시오.　　　　　280

레어티즈 자, 덤비시오.　　　　　(둘이 시합을 한다)

햄릿 한 점이오.

레어티즈　아니오.

햄릿　심판.

오스릭　명중, 정확히 명중입니다.　　　　　　　　　　285

레어티즈　좋소, 그럼 다시.

왕　멈춰라. 술을 달라. 햄릿, 이 진주는 네 것이다.

　　너의 원기를 위해 이 잔을 드노라.

　　　　　　　　　　　　(북소리, 나팔 소리, 대포 쏘는 소리)

　　　　　　　　　　　햄릿에게 잔을 주어라.

햄릿　먼저 한판 겨루겠습니다. 잠시 두십시오. 자, 덤비시오.

　　　　　　　　　　　　　　　(다시 시합을 한다)

　　다시 명중이오. 어떻소?　　　　　　　　　　　　290

레어티즈　인정하오.

왕　짐의 아들이 이기겠구나.

왕비　　　　　　　　　　땀 흘리며 숨 가빠 하는구나.

　　햄릿, 여기 내 손수건을 받아 이마의 땀을 닦아라.

　　왕비가 축배를 들어 너의 행운을 빌겠다.

햄릿　고맙습니다, 어머니.　　　　　　　　　　　295

왕　거트루드, 마시지 마시오.

왕비　용서하소서, 마시겠나이다.

　　　　　　　　　　(왕비가 마시고 잔을 햄릿에게 건넨다)

왕　(방백) 독배인데, 너무 늦었구나.

햄릿　어머니, 지금은 마실 수가 없으니 조금 있다가.

왕비　자, 이리 오너라, 얼굴을 닦아 주마.　　　　　300

레어티즈　폐하, 이제 명중해 보이겠나이다.

왕   안 될 것 같다.

레어티즈 (방백) 그렇지만 양심에 걸리는구나.

햄릿 레어티즈 경, 자 세 번째요.

　멈칫거리고 있지 말고 힘껏 찌르시오.

　그대는 나를 가지고 노는 것 같구려.   305

레어티즈 그렇게 생각하시오? 덤비시오.　(다시 시합을 한다)

오스릭 아직 승부가 나지 않았습니다.

레어티즈 자, 받으시오.

　　　　　　　　　　　(레어티즈가 햄릿에게 상처를 입히고,

　　　　　　　　　　　드잡이를 하는 중에 서로 칼이 바뀐다)

왕 저들을 떼어 놔라. 화들이 났구나.

햄릿 아니 될 말. 자 한 번 더.   310

　　　(햄릿이 레어티즈에게 상처를 입히고, 왕비가 쓰러진다)

오스릭 거기, 왕비마마를 보살피소서!

호레이쇼 둘 다 피를 흘리는구나. 괜찮으십니까, 왕자마마?

오스릭 어떻게 된 겁니까, 레어티즈 경?

레어티즈 제 꾀에 제가 넘어간 꼴이네, 오스릭.

　나의 간계에 내가 당했네.   315

햄릿 왕비마마는요?

왕   피를 보고 기절한 것뿐이네.

왕비 아닙니다, 아니에요. 저 술, 저 술! 아 사랑하는 햄릿!

　저 술, 저 술 때문이다. 독을 마셨구나.　　　　　(죽는다)

햄릿 아, 이런 악당들! 여봐라, 문을 잠가라.

　반역이다! 반역자를 찾아내라.　　　　　(오스릭 퇴장) 320

레어티즈 여기 있소, 햄릿. 그대는 살해되오.

세상의 어떤 약도 소용이 없소. 목숨이 반시간도 안 남았소.

그대가 손에 쥐고 있는 그것이 바로

날 세우고 독약 묻힌 그 반역의 무기요.

간악한 음모는 내게 돌아왔소.   325

보시오, 여기 쓰러진 나는 이제 다시 일어나지 못하오.

그대의 모친도 독살되었다오.

더는 말할 수 없을 것 같군. 저 왕, 왕이 범인이오.

햄릿 칼끝에 독! 그렇다면 독이여, 구실을 하렸다.

(왕을 찌른다)

일동 반역이다! 반역이다!   330

왕 경들은 과인을 보호하라. 다쳤을 뿐이니.

햄릿 그대 간음꾼, 살인자, 저주받은 덴마크 왕이여,

독배를 마셔라. 여기 있는 것이 그대가 말한 진주인가?

어머니를 따라가라.   (왕이 죽는다)

레어티즈   당연한 보상을 받은 셈이군.

그건 자신이 탄 독약이니.   335

훌륭하신 햄릿 왕자, 서로 용서합시다.

소신과 소신 부친의 죽음이 그대 때문이 아니듯

그대의 죽음 또한 소신의 탓이 아니오.   (죽는다)

햄릿 하늘이 그대의 죄 용서하리라. 나도 그대 뒤 따르리니.

호레이쇼, 나는 죽네. 가련한 왕비마마, 안녕히.   340

이 일을 보고 파리해져 떨며 무언극 배우들처럼

말없이 보고만 있는 그대들이여, 내게 시간만 있다면

아, 이 잔인한 소환관인 죽음이란 놈이

사정없이 몰아치지만 않는다면 내가 여러분들께

말해 줄 수 있으련만, 할 수 없구려. 호레이쇼, 나는 죽네.   345

그대는 살아남아 연유를 모르는 사람들에게

나의 이야기를 전해 주게.

호레이쇼   그건 어렵겠습니다.

소신은 덴마크인이 아니라 옛 로마인에 더 가깝습니다.

여기 아직 독배가 조금 남아 있군요.

햄릿   그대가 남자라면

그 잔을 내게 주게. 놓게, 정녕 이것은 내 차지니.   350

오, 하느님, 진실이 알려지지 않는다면

내 죽은 후 얼마나 오명을 남기게 될까, 호레이쇼?

그대가 나를 조금이라도 소중하게 여긴다면

그대는 조금 더 살아

이 험한 세상에서 거친 숨을 몰아쉬며   355

나의 이야기를 전해 주게.

       (멀리서 진군 소리, 안에서는 대포 소리가 울린다)

        이 무슨 전쟁 소리인가?

오스릭 등장.

오스릭 폴란드 정복을 마치고 돌아온

젊은 포틴브라스가 영국의 대사들에게

환영의 축포를 쏘고 있습니다.

햄릿   아, 호레이쇼, 나는 죽네.

그 강한 독이 내 정신을 완전히 앗아 가고 있네.   360

살아 영국 소식을 들을 수 없지만

포틴브라스에게 왕위 계승권이 내릴 것을 예언하니,

임종 시에 내가 그를 선택했다고 일러 주게.

사태의 자초지종과 함께.

나머지는 침묵이네.   (죽는다) 365

호레이쇼 고귀한 심장이 이제 깨지는구나. 훌륭한 왕자님,

안녕히 주무세요. 천사들이 그대의 안식을 노래하리라.

                              (안에서 행진 소리가 들린다)

무슨 까닭에 군인들이 북소리에 맞춰 오고 있는가?

포틴브라스와 영국의 대사들, 북과 군기를 든 군인들 등장.

포틴브라스 이게 무슨 참상이오?

호레이쇼   무얼 보고 싶은 겁니까?

비통하고 경이로운 일이라면, 다른 데서 찾지 마십시오.   370

포틴브라스 이 떼죽음이 대학살을 말해 주는구려.

아, 오만한 죽음이여, 그대의 영원한 지옥에

무슨 잔치가 있기에 이 많은 군주들을 일격에, 이처럼

유혈 낭자하게 쓰러뜨렸단 말이냐?

대사1   끔찍한 모습입니다.

영국에서 가져온 소식은 너무 늦었군요.   375

로젠크란츠와 길던스턴을 죽이라 하신 명령을 수행했다는

우리의 보고를 들어 줄 귀는

이제 감각이 없으니, 우리는 어디서

고맙다는 말을 듣지요?

호레이쇼   고마워할 이가 살아 있다 해도

그의 입에서는 아닙니다.   380

그는 결코 그들을 죽이라는 명령을 내리지 않았습니다.

그러나 마침 이 끔찍한 순간에 왕자께선 폴란드 전쟁에서,

경들은 영국에서 도착하였으니

다들 이 시체들을 보도록 단 위로 올리라고 명령하시면

소신은 영문을 모르는 세상 사람들에게   385

이 일의 전모를 말해 주겠나이다.

여러분들 역시 음탕하고 피에 젖은,

천륜을 어긴 행위들과 사건들에 대한 하늘의 심판과

우연한 살해와 꾸며 놓은 가짜 계략에 의한 죽음과

마지막 판국에 음모가 어긋나   390

음모자가 당한 이야기를 듣게 될 것입니다.

이 모든 이야기들을 소신은

있는 그대로 전해 드릴 것입니다.

포틴브라스   서둘러 들려주시오.

고귀한 인사들을 모두 불러 모으시오.

나로서는 슬픈 마음으로 나의 행운을 껴안겠소.   395

나도 이 왕국에 약간의 권리를 가진 바

그 권리 주장할 유리한 때 만났구려.

호레이쇼 그에 대해서 소신 역시 드릴 말씀이 있습니다.

다른 이의 동의를 더할 그분의 말씀입니다.

음모와 실수에 덧붙여 더 많은 불행이 발생하지 않도록   400

사람들의 마음이 동요되어 있는 지금 즉시

말씀드린 대로[62] 행하여 주십시오.

포틴브라스   네 명의 대장들로 하여금

햄릿을 군인답게 단 위로 메고 가게 하라.

기회가 주어졌다면

그는 가장 훌륭한 왕이 되었을 인물이다.   405

군대의 음악과 전쟁 예식으로

그의 가는 길을 크게 울려라.

시체들을 메라. 이런 참상은 전쟁터에나 어울리지,

이런 곳에는 크게 빗나간 것이다.

가서 군인들로 하여금 대포를 쏘라고 일러라.   410

　(시체들을 메고 행진하며 퇴장, 뒤이어 대포 소리가 들린다)

---

62 시체들을 단 위에 올려놓고, 사람들에게 자신의 설명을 듣게 해달라는 햄릿
의 부탁을 의미한다.

햄릿, 그 영원한 모나리자

1.

  윌리엄 셰익스피어 William Shakespeare는 16세기의 마지막 해에 로마를 소재로 한 정치 비극 「줄리어스 시저 Julius Caesar」를 집필한다. 「줄리어스 시저」는 그가 1600년에서 1607년 사이에 쓴 4대 비극과 1599년 이후에 쓴 로마 비극의 선구자 격인 작품이다. 절대 군주제와 공화정의 정치적 이념 갈등을 시저와 브루투스 사이의 갈등, 시저의 암살 그리고 그로부터 파생된 정치적 혼란 및 내란의 과정으로 풀어 낸 「줄리어스 시저」는 주요 등장인물로 시저와 브루투스를 함께 내세우고 있다는 점에서 제목과는 달리 두 명의 주인공을 가진 작품이다. 그들 중 하나인 브루투스가 시저의 암살을 눈앞에 두고 고민하는 대목은 햄릿이 살인과 도덕적 양심 사이에서 고민하는 대목을 미리 보여 준다는 측면에서 큰 의미가 있다. 브루투스는 시저의 총애를 받으면서도 정치적 이상이 다르다는 이유로 그를 살해해야만 하는 상황에 처해 있다. 당면한 현실에 대한 그의 정신적 고뇌는 독백을 통해 드러나는데,

햄릿은 바로 이런 그의 내면 의식의 심화를 고스란히 물려받은 인물인 셈이다. 브루투스의 이상주의는 고도로 발달한 햄릿의 감수성으로 이어지고, 브루투스를 암살 음모에 끌어들이는 신나나 카시우스 같은 현실 정치가들은 햄릿의 숙부 클로디우스 왕과 그를 둘러싼 궁정 정치인들로 발전한다. 무엇보다 「줄리어스 시저」는 한 이상주의자의 파멸을 그리고 있다는 점에서 「햄릿Hamlet」의 직계 선배라 할 만하다. 정적 암살이라는 혼탁한 정치판의 한가운데, 심지어 모든 도덕과 율법이 파괴된 전쟁의 한복판에서조차 도덕적 순수성을 지키기 위해 부정과 철저히 결별할 것을 고집하는 브루투스의 도덕적 이상주의가, 영국에서 돌아오기 전 햄릿이 보이는 절대적 순수에 대한 집착과 그로 말미암은 현실에 대한 구토증, 우울증으로 구체화되고 심화되었다는 측면에서 두 작품은 그 유사성을 잘 보여 주고 있다.

복수를 위해 부친의 유언장을 공개하고 군중을 대상으로 자극적인 연설을 하는 시저의 양자 안토니의 현실 정치적 수완은 난관을 기회로 바꾸는 클로디우스의 정치적 수완과 흡사하다. 비록 선왕을 살해하고 권좌에 오른 인물이지만 노르웨이와의 전쟁 위기를 외교로 해결한 점과 아버지의 복수를 외치며 반란을 꾀하는 레어티즈의 분노를 교묘하게 햄릿에게 돌린 예에서도 알 수 있듯이, 클로디우스는 현실 정치에 매우 능란한 왕이다. 클로디우스는 선왕의 서거 직후에 그 왕비였던 형수 거트루드를 아내로 취하고 서른이 다 된 왕세자를 무시한 채 권좌에 오른다. 이는 그가 필연적으로 정통성 시비라는 정치적 위기와 내부의 불안정을 맞닥뜨릴 수밖에 없음을 의미한다. 그러나 그는 노르웨이와의 전쟁 대비를 명분으로 세금 징수를 강화하고 전쟁 물자를 수입함으로써, 또 백성들에게는 밤낮으로 무기를 제조하게 만듦으로써 국가적 위기의식을 조장한다. 정치 문제에 관심을 기울일 만한 여유를 백성들에게서 박탈하는 것이다. 동시에 그는 노르웨이의 노왕(老王)에게 사신을 보내, 내정의 수단일 뿐인 전쟁이 실질적인 위기로 발전하지 않도록 처리할 만큼 책략에 능한 면모를 보인다. 이러한 측면에서 클로디우스는 안토니만큼이나 계산적이고 대중의 마음을 읽어 내는 데 능숙한 인물이다.

「줄리어스 시저」에 이어 집필된 「햄릿」은 셰익스피어의 4대 비극 가운데 첫 번째 작품으로, 서구 문학사의 모나리자 혹은 스핑크스라 불릴 만큼 삶의 여러 문제들을 의문문의 형식으로 제기하는 작품이다. 한밤중의 망루 위에서 파수병이 던진 〈서라, 거기 누구냐?〉라는 정체성에 대한 질문으로 시작하는 이 작품은 〈나는 덴마크 사람 햄릿이다〉를 거쳐 〈살아 있었다면, 훌륭한 왕이 되었을 인물〉이라는 정체성의 규명으로 끝난다. 이렇듯 작품의 흐름 자체가 이미 존재에 대한 탐구를 시종일관 제기하고 있다고 봐야 할 것이다. 의문문으로 시작된 이 존재 탐구의 여정은 죽음, 도덕적 양심의 문제, 연극과 연기술, 복수와 그 정당성의 여부, 신의 뜻, 인간의 의지와 운명의 힘, 궁정 정치의 모습들, 부권(父權)과 여성의 성적 억압, 전쟁과 진정한 용기 등 다양한 문제들을 동반한다. 물론 이런 여러 가지 문제들에 대한 해답이 작품 속에 명확하게 제시되어 있는 것은 아니다. 그러나 극의 세계라는 언어적 구조물에 대한 독자나 관객의 동참과 공감적 상상력으로 하나의 세계를 만들어 감으로써, 그 해답의 단초만큼은 제시하고 있는 셈이다.

2.

「햄릿」의 세계는 일종의 수수께끼이며 극의 진행은 그것을 풀어 가는 과정이다. 어느 날 갑자기 덴마크의 왕궁에서 살인 사건이 발생한다. 피살자는 다름 아닌 왕이다. 물론 처음부터 왕의 죽음이 살인으로 밝혀지는 것은 아니다. 일단 사고사로 가장되었던 왕의 죽음은 유령의 등장이라는 극적 장치를 통해서야 비로소 중요 문제로 부각된다. 극은 사건의 초반이 아닌 사건의 한가운데서, 그것도 매우 충격적인 방식으로 시작된다. 이틀 밤을 연해 망루의 초병들 앞에 나타난 유령은 선왕의 갑옷을 입은 모습으로 아무 말도 없이 사라져 버린다. 덴마크 왕궁에 숨은 비밀이 있음을 알리는 유령은 망루의 파수병들뿐 아니라 관객이나 독자의 호기심도 유발한다. 죽음의 세계, 즉 우리가 일상적으로 살아가는 자연계 밖에서 등장한 초자연적 존재인 유령과 햄릿의 만남은 극의 시작부터 이미 그가 죽음의 세계에 한쪽 발을 딛고 서 있는 인물임을 상징적으로 보여 준다. 작품이 시작되는 시간적 배경은 사람의 형상을 분간하기조차 힘들 만큼 어두운 밤이며, 이 어둠 속에서 검은 유령과 조우하는 햄릿 역시 온몸에 상복을 걸치고 있다. 먹구름처럼 검은 이 분위기는 무대뿐 아니라 「햄릿」의 세계 자체를 감싸고 있다. 유령과의 만남을 통해 햄릿은 계속해서 죽음의 심연으로 빨려 들어간다. 유령은 햄릿에게 복수를 부탁하고, 햄릿은 그 복수라는 멍에를 진 채 고민하며, 이 고민을 축으로 극은 전개된다. 「햄릿」은 복수를 다룬 비극이지만 복수 자체보다는 그것을 둘러싼 주인공의 정신적 고뇌를 더욱 부각시키고 있다는 점에서 반성적인 주체의 탄생을 알리는 작품이기도 하다.

아버지의 사망 소식을 들은 햄릿은 독일의 비텐베르크에서 급히 귀국한다. 비텐베르크는 마르틴 루터가 재직했던 대학의 소재지이자 종교 개혁의 중심지다. 햄릿이 호레이쇼, 로젠크란츠, 길던스턴 같은 벗들과 함께 비텐베르크 대학에서 공부했다는 사실은 이 작품이 개신교와 그 교리를 종교적 배경 중 하나로 삼고 있음을 단적으로 보여 준다. 그렇다면 도덕적 양심에 대한 햄릿의 극단적인 집착의 연유 역시 작품 속에 어느 정도 제시되어 있다고 봐야 할 것이다. 유령이 최후의 심판을 받지 않은 채 연옥을 떠돌다 지상에 나타난다는 설정은, 작품의 종교적 배경이 연옥을 인정하지 않는 개신교 세계가 아닌 종교 개혁 이전의 가톨릭 세계임을 증명하기 때문이다. 그러나 한편으로 비텐베르크 대학에서 공부한 주인공 햄릿과 그 친구들이 유령의 존재를 인정하지 않고 지옥에서 악마가 보낸 악령 정도로 치부하는 것은 이들이 이미 개신교의 영향 아래 있다는 점을 시사한다. 다시 말해 이 작품은 종교적으로도 가톨릭과 개신교가 혼재했던 르네상스의 분위기를 반영하고 있다. 철저한 위계질서에 의거해 하느님과의 직접적 관계가 아닌 매개자를 통한 대속을 강조했던 가톨릭 교리와 달리, 개신교는 오로지 성경과 신앙과 하느님의 절대적 은총만을 강조했다. 개신교는 개인의 신앙을 역설함으로써 신의 은총을 더욱 절대적인 미지의 것으로 신비화했고, 이와 동시에 종교를 인간의 내면 의식가운데로 끌어와 양심의 문제를 부각시켰다. 햄릿이 덴마크 궁정의 연회와 유흥에 극도의 반감을 보이는 것과 술을 입에 대려고도하지 않는 모습은 인간의 경건함을 상대적으로 강조한 프로테스탄티즘의 영향력을 보여 준다. 그가 인간의 도덕적 타락에 보이는 극단적인 거부감, 어머니의 재혼과 오필리아를 비롯한 여성의 성욕 내지 부정에 퍼붓는 심한 독설 역시 금욕주의의 반영이다. 물론 햄릿이 철저히 프로테스탄티즘의 세계에 머물면서 금욕주의만을 고집하는 것은 아니다. 작품의 종교적 세계가 가톨릭과 개신교, 때로는 이교의 신화도 포섭하는 것처럼 햄릿은 청교도들이 극구 반대했던 연극의 기능을 매우 긍정적으로 받아들이고 있으며, 개신교도들의 반연극적 편견과 거리를 유지한다. 프로테스탄티즘의 영향으로 외양과 실재의 간극을 조금도 인정하지 않으려 고집을 부리면서도 그는, 한편으로 미친 척 연기를 하면서 〈그림자들〉의 놀이인 연극을 즐기고 배우들을 후원하기도 하는 이중성을 보인다. 이러한 모순은 이 작품에 신비감을 더하고, 특정한 잣대로 측정할 수 없는 햄릿의 다면성을 증명한다.

독일에서 덴마크 왕궁으로 돌아온 햄릿의 영혼을 흔들어 놓는 것은 부친의 급작스러운 죽음이 아닌 모친의 성급한 재혼이다. 모친이 부친의 장례가 끝난 지 두 달도 못 되어 숙부와 결혼한 것은 그를 정신적인 고아로 만들기에 충분한 사건이다. 이 재혼을 근친 상간 내지 간음으로 규정하는 햄릿은 곧 결혼 제도와 여성의 정조 문제에 대한 심각한 회의에 빠지며, 이 회의는 재차 그를 심한 우울증으로 몰아간다. 햄릿은 바로 이런 상태에서 유령을 만나게 되는데, 스스로를 선왕이라고 밝힌 이 유령은 자신의 죽음이 사고사가 아닌 살인이라고 주장한다. 즉 정원에서 낮잠을 자다가 뱀에 물려 죽은 것이 아니라, 현왕인 클로디우스에 의해 독살되었다는 것이다. 놀라운 국가적 비밀을 알게 된 햄릿은 함께 유령을 목도

한 친구들을 함구시키고 사건의 전말을 파악하기 위해 미친 척 연기를 시작한다. 햄릿의 광인 연기는 국왕의 경계를 풀고 그 검은 속을 파악하기 위한 일종의 책략이었으나 본래의 의도와 달리 왕에게 의구심과 불안을 불러일으킬 뿐이다. 의도와 결과가 어긋나는 이러한 꼬임과 엇나감은, 작품 전체를 통해 반복되는 극적 아이러니의 일례이자 인간의 힘으로는 어쩔 수 없는 삶의 모순의 표현이기도 하다.

햄릿의 광기는 급기야 독일에서 로젠크란츠와 길던스턴을 불러들이게 되는데, 이들은 햄릿의 마음속 비밀을 캐내기 위해 동원된 클로디우스의 광부인 셈이다. 햄릿이 클로디우스의 비밀을 알아내려 애쓰는 것처럼 클로디우스도 햄릿의 속내를 알아내려 온갖 수단을 동원한다. 그의 말마따나 왕자의 광기는 왕권을 위험하게 만들기 때문이다. 이 숨바꼭질은 누가 쫓고 누가 쫓기는 것인지 알 수 없이 경계가 흐려진 채 혼잡한 놀이로 발전해 가며, 햄릿과 레어티즈의 칼싸움에서도 반복된다. 로젠크란츠와 길던스턴이 그들이 온 이유를 밝힘으로써 햄릿은 자신의 연기가 왕의 의심을 사고 있음을 알게 되고, 왕의 경계심을 풀기 위해 더욱 연기에 몰입한다. 햄릿에게 이 두 친구는 왕의 손에 쥐인 스펀지처럼 하찮은 인간들이며, 때문에 그는 권력 앞에서 벗을 배신한 이들을 죽음의 세계로 보내는 것에 전혀 양심의 가책을 느끼지 않는다. 친구들의 죽음에 대한 햄릿의 냉담한 반응은 혼탁하고 부도덕한 정치의 현실이 그의 양심을 마비시켰다는 사실, 그리고 그가 죽음의 세계에 이미 깊이 들어와 있다는 사실을 상징적으로 보여 준다. 사실 왕명에 따라 햄릿의 영국행에 동행했을 뿐인 로젠크란츠와 길던스

턴이 햄릿의 손에 몰래 조작된 국서로 인해 영문도 모른 채 이방
에서 죽음을 맞게 된다는 내용은 매우 부조리하다고 할 수 있다.
바로 이에 착안한 영국의 극작가 톰 스토파드Tom Stoppard는
「로젠크란츠와 길던스턴 죽다Rosencrantz and Guildenstern are
Dead」라는 희곡을 통해 「햄릿」을 부조리극으로 다시 쓰기도 했
다. 소용돌이가 주변을 휘감아 집어삼키듯 왕의 죽음이 하찮은 이
들의 목숨을 부장품처럼 동반한다는 해석도 물론 가능하지만, 이
둘의 헛된 죽음은 차라리 논리적으로는 설명이 불가능한 삶의 또
다른 신비를 들춰내기 위한 것이라 보는 편이 옳다. 햄릿이 호레
이쇼에게 말하듯, 세상에는 우리가 지식으로써 헤아릴 수 있는 것
이상의 것들이 여전히 많이 남아 있다. 아버지의 복수를 위해 무
고한 사람들의 생명을 앗는 것을 과연 정당하다고 할 수 있는가?
폴로니우스, 레어티즈, 오필리아, 햄릿, 국왕, 왕비, 로젠크란츠,
길던스턴의 죽음을 야기한 유령은 결국 악마의 사자가 아닌가?
햄릿은 악을 징벌하는 하느님의 대행자인가, 죽음에 오염된 또 다
른 죽음의 사자인가?

유령으로부터 비밀을 듣게 된 햄릿은 그 사실 여부를 확인하려
는 수단으로 연극을 이용한다. 엘시노어 성으로 햄릿을 찾아온 유
랑 극단의 배우들은 본래 런던 공공 극장 소속으로, 1592년에서
1593년, 그리고 1601년에서 1602년 사이 런던에 만연했던 역병
때문에 극장이 문을 닫게 되자 지방으로 순회공연을 다니기 시작
했던 이들이다. 작품에서는 물론 이들이 런던의 사설 극장과 아동
극단에 밀려 지방으로 순회공연을 다니게 된 것으로 설정되어 있
다. 대중적인 취향의 극이나 자극적인 유혈 비극을 주로 상연하던

대중 극장과 달리, 런던의 법학원 강당이나 수도원을 개조한 사설 극장에서는 매우 세련되고 재치 있는 말장난 넘치는 희극이나 고전 비극을 상연하던 아동 극단의 무대를 마련했다. 사설 극장은 기후에 관계없이 사철 밤낮을 가리지 않고 공연할 수 있었던 데다 무대 장치나 배경, 시설 면에서 상대적으로 공공 극장을 앞서 있었기 때문에 비용이 많이 드는 화려한 가면극도 상연할 수 있었다. 햄릿을 찾아온 유랑 극단은 이처럼 관객들의 취향이 사설 극장으로 옮아가면서 손님을 잃은 기존의 배우들이 지방으로 순회 공연을 다니게 된 실정을 반영한 것이다.

햄릿은 유랑 극단의 수석 배우에게 트로이의 함락을 다룬 이야기 중 60여 명에 이르는 자식들과 더불어 남편 프리암 왕마저 잃은 트로이의 왕비 헤큐바의 비통함을 읊어 달라고 부탁하는데, 그는 이 대목에 정신적으로 어머니를 잃은 자신의 처지를 투영하고 있다. 셰익스피어와 동시대의 극작가이자 시인인 크리스토퍼 말로Christopher Marlowe의 비극 「카르타고의 여왕, 다이도의 비극Dido, Queen of Carthage」 제2막에도 나오는 헤큐바의 비탄은 로마 시인 베르길리우스Publius Vergilius Maro의 「이니드 Aeneid」 제2권의 내용에 기초한 것이다. 트로이의 왕자 이니어스는 불타는 성을 떠나 이탈리아로 가서 제2의 트로이를 건국하라는 어머니 비너스의 신탁을 받고 아들과 함께 이탈리아로 떠난다. 불행하게도 항해 중 풍랑을 만나 표류하던 그는 아프리카 북단의 카르타고 왕국에 도착하여 다이도 여왕의 왕궁으로 끌려간다. 이니어스와 사랑에 빠진 다이도 여왕은 트로이의 멸망의 순간을 자세히 이야기해 달라고 조르고, 이에 응해 그는 트로이 최후의 순간을 들려준다. 햄릿이 수석 배우에게 낭송을 부탁하는 부분도 바로 이 대목이다. 트로이의 왕자 패리스의 화살에 맞아 죽은 아버지의 원수를 갚기 위해 프리암 왕을 살해하는 아킬레스의 아들 피러스(네오프톨레무스)의 이야기, 즉 아버지의 복수를 한 아들의 이야기는 햄릿 자신의 처지를 반영한 것이다. 지옥의 사자처럼 머리부터 발끝까지 피로 물든 피러스의 모습에서 햄릿은 무기력한 자신의 모습을 대조적으로 읽어 낸다. 수석 배우가 연기하는 피러스는 심사숙고만 하는 햄릿과는 달리 광기에 서린 일종의 살인 기계이다. 이런 관점에서 피러스는, 실추된 명예의 회복이라는 미명하에 폴란드의 황무지를 취하기 위해 침략 전쟁을 일으키는 포틴브라스나 오필리아의 무덤에 뛰어들며 자신도 함께 묻어 달라고 외치는 레어티즈의 아득한 선배인 셈이다. 비록 피러스에 전적으로 공감하지는 않더라도, 햄릿이 그의 행동력을 동경하는 것만큼은 사실이다.

남편인 프리암이 힘겹게 피러스에 맞서 싸우다 그의 칼에 맥없이 살해되는 것을 보고 울부짖는 헤큐바의 모습에 햄릿은 재혼한 어머니를 떠올린다. 넋이 나간 채 남편의 시체를 붙들고 절규하는 헤큐바는 햄릿에게 한 지아비만을 끝까지 따르는 충절의 상징이다. 눈물로 두 눈이 충혈된 채 연기에 몰두하는 수석 배우의 모습에서 햄릿은, 단순한 놀이가 아닌 〈시대의 연대기〉이자 〈자연에 거울을 비추는〉 행위이며, 세태의 정수를 담아내는 그릇으로서 연극을 깨닫게 된다. 그는 베네치아에서 발생했던 살인 사건에 기초한 「곤자고 살인The Murder of Gonzago」이라는 극을 떠올리고는 이를 각색해 공연함으로써 왕의 양심을 잡아내려는 계획을 세운다. 다시 말해 연극은 이제 그에게 일종의 〈쥐덫〉이 되는 셈이다. 무언극으로 진행되는 이 극에서 햄릿은 변사요 해설자다. 비엔나에서 일어난 살인 사건을 다룬 극이라고 거짓으로 둘러대면서 그는 무언극을 유령이 전한 이야기에 맞추어 각색하고, 이로써 왕의 양심을 사로잡아 그 이야기의 진위 여부를 확인한다. 남편인 공작을 독살한 루시아누스와 부정한 사랑에 빠지는 공작 부인의 이야기는 선왕을 독살한 현재의 왕과 재혼한 왕비 거트루드의 결혼을 간음으로 해석한 햄릿의 연출 의도를 반영한다. 이러한 점에서 햄릿은 무언극의 작가이자 해설가, 심지어 연출가이기도 하다. 연극을 보다가 횃불을 달라고 외치며 자리를 박차고 일어난 왕의 모습을 본 햄릿은 연극으로 왕의 양심을 잡아내겠다는 자신의 의도가 성공했음을 확인한다. 불을 비추라는 왕의 외침에 드러나듯이 햄릿의 연극은 왕의 양심을 비추는 거울이 된 것이다.

그러나 햄릿의 연극이 왕의 양심을 비추는 역할만 한 것은 아니다. 햄릿이 연극을 통해 왕의 양심과 유령의 말이 진실임을 확인했다면, 왕은 연극을 통해 햄릿의 광기가 거짓임을 확인했다. 햄릿의 거울은 단면 거울이 아닌 양면 거울인 셈이다. 휘장 너머에 숨어 자신의 말을 엿듣던 폴로니우스를 왕으로 착각했을 때 망설임 없이 그를 찔러 죽인 데서 알 수 있듯이, 진실이 파악된 이 연극 이후 햄릿은 더 이상 복수를 망설이지 않는다. 하지만 클로디우스 역시 햄릿을 영국으로 보내 죽일 계획을 이미 세워 두고 있다. 햄릿의 영국행은 극의 결정적인 전환점이다. 햄릿은 로젠크란츠, 길던스턴과 함께 영국행 배에 올랐다가 도중에 만난 해적으로 인해 홀로 무사히 덴마크로 귀환한다. 셰익스피어의 후기 로맨스극에서처럼

「햄릿」에서의 바다 역시 삶과 죽음이 교차하는 곳이며, 〈바다와 같은〉 변화가 가능한 지점이다. 햄릿이 해적을 만난 것은 우연이지만, 이 우연이 공교로이 그의 목숨을 구한 것이다. 셰익스피어는 이 대목을 햄릿이 친구인 호레이쇼에게 보낸 편지로 처리하고 있는데, 이는 무대의 제약을 서사로 대신하는 매우 편리한 장치이다. 예상치 못한 사건으로 왕의 계획이 완전히 빗나가고 햄릿의 불운이 행운으로 뒤바뀌는 것은 한 치 앞도 내다볼 수 없는 인간의 한계와 삶의 신비를 다시 증명하는 셈이다.

햄릿의 바다 경험은 그의 세계관을 바꾼다. 그는 이제 현실의 질서를 수용하고, 운명의 힘을 믿는다. 바다가 그에게 재생의 장소이자 새로운 모태가 된 것이다. 햄릿은 영국으로 떠나기 전에 입고 있던 상복 대신 선원 같은 새로운 차림으로 돌아온다. 그가 〈나는 덴마크인 햄릿〉이라고 자신의 신분을 분명히 밝히는 것도 영국에서 돌아온 이후이다. 그는 더 이상 죽음을 두려워하지 않으며 인간의 역사 가운데 인간의 의지를 초월하는 어떤 절대의 힘, 혹은 운명 같은 것이 작용한다는 것을 믿는다. 레어티즈와의 검술 시합에 앞서 죽음을 예감하지만 그는 이를 피하지 않고 오히려 적극적으로 받아들인다. 죽음의 순간에 레어티즈를 용서하고 그와 화해할 수 있는 것도 궁극적으로는 햄릿이 인간의 의지와 행동을 신의 섭리의 한 부분으로 확신하고 있기 때문이다. 햄릿에게 「곤자고 살인」이 자신이 연출한 허구이면서도 왕의 양심을 잡아내는 실체이듯, 클로디우스에게 검술 시합은 자신이 연출한 놀이면서 햄릿을 제거할 현실이다. 그런데 자신이 계획하고 연출한 이 놀이에서 왕은 배우인 햄릿의 칼에, 그리고 왕비가 마시다 남긴 독배에 이중의 죽음을 맞는다. 그 역시 신이 연출한 연극의 배우일 뿐인 것이다. 러시아 인형 마트로시카처럼 여러 겹의 연극으로 둘러싸인 「햄릿」에서 어디까지가 실재인지, 그리고 어디까지가 허구(연극)인지 구분하기란 쉽지 않다. 햄릿에게 삶이 우연과 운명의 힘, 신의 섭리, 인간의 이성만으로는 파악할 수 없는 하나의 신비로 남아 있듯이 독자와 관객에게도 「햄릿」은 하나의 신비로 남아 있다.

3.

햄릿과 왕, 왕비의 이야기가 이 작품의 주요 플롯이라면, 폴로니우스, 레어티즈, 오필리아 가족의 이야기는 주변 플롯이다. 「리어 왕King Lear」에서 리어 가문 이야기와 대신 글로스터 백작 가문 이야기가 병행되다가 제3막의 도버 해협 장면 이후 하나로 수렴되듯이, 「햄릿」에서도 햄릿 왕가와 대신인 폴로니우스 가문의 이야기가 병행되다가 하나로 수렴된다. 두 플롯이 매우 밀접하게 얽히는 이유는 왕궁의 대신인 폴로니우스가 이 둘의 매개 역할을 하기 때문이다. 참견하기 좋아하고 수다스러우며 아첨을 잘하는 인물이지만 폴로니우스는 자식들에게만큼은 그들을 매우 아끼는 자상한 아버지다. 그러나 자식들이 바로 그로 인해 목숨을 잃는다는 점에 있어서는 유령으로 등장한 햄릿의 아버지와 마찬가지로 죽음의 사자이기도 하다. 폴로니우스를 살해함으로써 그 자신이 추구하던 복수의 대상이 된 햄릿을 통해 복수의 사악한 순환 고리를 암시해 보여 주는 것이다. 〈아버지의 복수〉라는 소용돌이에 휘말려 최후를 맞는다는 점에서 햄릿과 레어티즈 모두 희생자인 셈이다.

작품은 시작부터 의도적으로 햄릿과 레어티즈의 유사점과 차이점을 함께 강조하고 있다. 독일과 프랑스에서 체류하다가 국장(國葬)을 치르러 귀국한 햄릿과 레어티즈는, 장례 후 체재 국가로 돌아가도록 허락해 줄 것을 국왕에게 요청한다. 여기서 햄릿과 레어티즈가 각각 독일과 프랑스에서 공부하다가 돌아왔다는 사실은 이들 성격의 차이를 암시하는 것이라고 볼 수 있다. 햄릿이 독서를 즐기고 내성적이며 사색적이라면 레어티즈는 검술과 승마술에 경주하고 사교적이며 활달하다. 우울증에 걸린 레어티즈는 상상하기 어렵다.

사실 검과 말을 능숙히 다루는 것은 르네상스 시대 신사의 필수 덕목이었다. 다시 말해 셰익스피어가 살던 르네상스 시대의 영국에서 검술이나 승마술은 소년에서 성인으로 넘어가는 사회적 성년식의 일종이었던 것이다. 햄릿 역시 남몰래 꾸준히 운동을 하고 검술을 수련해 왔으며, 프랑스에서도 소문난 검사인 레어티즈와의 시합을 통해 자신의 남성다움을 증명하고 싶어 한다. 국왕은 이러한 두 사람의 미묘한 경쟁심과 질투심을 교묘하게 자극하고 이용하여 시합을 성사시킨다. 뿐만 아니라 왕은 3점의 덤을 주고 12대 9로 햄릿의 승리를 점침으로써, 경합을 두고 그가 주저하지 못하도록 하는 치밀함까지 보인다. 그러나 레어티즈는 뛰어난 검술 실력에도 불구하고 칼끝에 바른 독으로 햄릿을 살해하는 비열함을 보인다. 이로써 그는 그때까지 보여 주었던 면모들, 즉 아버지의 복수를 추구하는 아들, 누이동생을 끔찍하게 아끼는 자상한 오빠, 한량이기는 하지만 기사도 정신의 화신이기도 했던 면모들을 단칼에 지워 버린다. 레어티즈가 독을 사용해 햄릿을 살해했다는 것은 그 역시 왕의 하수인에 불과했음을 말해 주기 때문이다. 로젠크란츠나 길덴스턴과 마찬가지로 왕이 물기를 짜내는 즉시 말라 버리는 스펀지와 같은 존재인 것이다. 레어티즈 또한 희생자라는 사실을 아는 햄릿은 그를 쉽게 용서하고, 레어티즈의 비열함이 두드러질수록 햄릿의 고매함은 돋보인다. 이런 의미에서도 레어티즈는 햄릿의 극적 상대역인 셈이다.

햄릿이 유령을 통해 아버지가 클로디우스에게 독살되었다는 사실을 알게 되었듯 레어티즈는 클로디우스를 통해 아버지가 햄릿에게 살해되었다는 것을, 또한 살해자의 신분 때문에 아버지의 장례가 모두 쉬쉬하는 가운데 졸속으로 치러졌다는 것을 알게 된다. 아버지의 죽음을 통지하여 그 아들들의 복수를 종용한다는 점에서 유령과 국왕은 죽음을 유포하고 부추기는 어두운 힘들이다. 햄릿과 마찬가지로 백성의 두터운 신임을 얻고 있는 레어티즈는 클로디우스에게 있어 함부로 처리하기 힘든 인물이다. 왕이 아버지의 원수를 갚지 않으면 백성들을 규합하여 직접 처리하겠다는 레어티즈의 반란 기도는 그의 호방한 성격을 강조한 것이기도 하지만, 국가가 절대 군주제를 표방하는 한 백성의 봉기를 무시할 수는 없다는 사실을 보여 주는 것이기도 하다. 이 부분에서는 공화제를 향한 셰익스피어의 정치적 무의식이 작용했을 가능성이 높다. 작가는 레어티즈가 무리를 이끌고 왕궁에 쳐들어온 모습을 결코 부정적으로 그리지도, 희화적으로 그리지도 않는다. 또한 그는 덴마크의 왕위 결정권이 선왕의 유지뿐 아니라 백성들 대표의 추천에도 의거하는 관습이 있음을 강조하고 있다. 이 대목은 셰익스피어가 근린 국가의 사례를 빌림으로써 검열을 피해 당대 영국의 절대 군주제를 비판한 것이라 보아도 무방할 것이다.

〈아버지의 복수〉라는 공통분모를 가지고 있지만 레어티즈의 실행력과 햄릿의 무기력은 판이하다. 햄릿이 사고하는 인간이라면 레어티즈는 행동하는 인간이다. 햄릿이 주어진 상황에 수동적으로 끌려가는 인물이라면 레어티즈는 포틴브라스처럼 상황을 만들고 이끌어 가는 인물이다. 아버지와 누이동생의 연이은 죽음에도 그가 미치지 않은 것은 행동하는 인간이기 때문이다. 관객은 햄릿이 눈물을 흘리며 한탄하는 장면은 볼 수 없는 반면에 레어티즈가 절규하고 한탄하는 장면은 쉽게 볼 수 있다. 동생의 장례식장에서 레어티즈는 눈물을 흘리며 소리친다. 이러한 인간은 미치지 않는다. 햄릿이 비극적인 인물이라면 레어티즈는 희극적인 인물이다. 오필리아의 무덤에 뛰어들어 함께 묻어 달라고 외치는 레어티즈의 모습에서 햄릿은 중세의 종교극에서나 나타나는 과장되고 우스꽝스러운 연기로 표현되는 이교도의 신 터마겐트와, 체포 명령을 무시한 채 예루살렘의 아기 예수를 방문하고 포위망을 유유히 빠져나간 동방 박사들에 격노하여 유아 살해를 명한 헤롯을 발견한다. 그에게 레어티즈의 지나친 슬픔의 표현은 어설픈 배우들의 정도를 벗어난 연기일 뿐 진정한 슬픔으로는 보이지 않는다. 햄릿의 눈에 레어티즈는 진실한 감정이 결여된 인물로밖에는 비치지 않는 것이다. 진정한 슬픔은 침묵한다. 그러나 비극이든 희극이든 결국 연극에 불과하다. 햄릿과 레어티즈가 비극적이든 희극적이든, 그들이 결국 왕이 연출하고 그 자신도 배우로 참여하다가 종국에는 관객으로 등장하는 음모극 「쥐덫」의 배우들이라는 사실엔 변함이 없다. 햄릿은 이러한 왕의 연극조차 크게는 신의 뜻, 혹은 운명의 힘이 만들어 낸 것으로 해석하며 왕 역시 그 연극의 배우라고 생각한다.

정신적으로 어머니를 상실한 햄릿과 달리 레어티즈와 오필리아에게는 실제로 어머니가 없다. 오필리아에게 어머니가 없다는 사실은 곧 아버지의 영향력이 막대함을 나타낸다. 셰익스피어 비극의 일반적 특징 중 하나인 모성의 부재를 이 작품 역시 보여 주고 있는 것이다. 여성의 역할이 강조되고 여성의 목소리가 남성을 변화시키는 작가의 희극이나 후기 로맨스극과 달리, 비극에서 여성의 목소리는 억압되거나 설사 두드러진다 해도 매우 부정적으로 그려진다. 이는 비극이 가부장 중심의 가족 제도나 그에 밑바탕을 둔 절대 군주제의 가치를 옹호하고 굳건히 하는 방향으로 작용함을 의미한다. 셰익스피어의 비극은 남성을 우위로 하는 기존의 성역할과 가부장제에 기초한 절대 왕권을 위협하고 전도하는 인물들에 의해 전개되는데, 비극의 마지막 부분인 제5막에 다다르면이 인물들은 하나같이 제거되고 기존의 가족적, 사회 정치적 가치와 체제는 다시 안정적으로 자리 잡는다. 이 점에 있어서는 「햄릿」도 예외가 아니다. 오필리아는 자신의 독자적인 목소리 없이아버지의 말에 복종하는 딸이다. 그러나 더 이상 햄릿 왕자를 만나지 말고 바깥출입도 삼가라는 아버지의 명령에 따라 집 안에 갇히자 금지된 감정 표현과 억압된 욕망 때문에 실제로 미쳐 버리고, 미친 다음에야 비로소 집을 나와 들판을 돌아다니고 꽃을 꺾어 화관을 만든다. 미침으로써 겨우 자유로운 공간을 소유하고 만 끽할 수 있게 된 것이다. 이제 그녀는 자유로이 성적인 내용의 노 래를 부를 수도 있고 자신의 목소리를 낼 수도 있지만 더 이상 정 숙한 처녀로 여겨지지는 않는다.

오필리아는 아버지 폴로니우스와 오빠 레어티즈의 가부장적인 성적 억압에 자신의 목소리와 이성을 잃고 희생된 인물이다. 때문 에 그녀가 물속에서 숨이 막힌 채 익사했다는 사실은 매우 시사적 이다. 햄릿의 광기가 오필리아에 대한 연정이 좌절된 데서 연유했 다는 사실을 왕에게 증명하기 위해 폴로니우스는 자신이 연출하 고 딸이 연기하는 연극을 만들어 내는데, 이로써 햄릿도 연극을 하고, 왕도 연극을 하며, 폴로니우스도 연극을 하게 된다. 사실상 이들은 모두 배우이다. 폴로니우스는 극 중에서도 대학 시절 줄리 어스 시저의 시해를 다룬 연극에서 브루투스에게 살해되는 시저 역을 맡은 적이 있는 인물로 설정되어 있으며, 우리는 폴로니우스 의 죽음에서 그 극이 실제로 작용하고 있다는 것을 알 수 있다. 왕 비의 침실에서 그녀와 햄릿이 나누는 대화를 엿듣던 폴로니우스 가 마치 브루투스의 칼에 죽은 시저처럼 햄릿의 칼에 살해당하기 때문이다. 덴마크 궁정의 정치 세계에서 연극은 현실의 연장이거 나 현실을 은폐하고 조작하는 수단일지언정 헛것은 아니다. 이 작 품에서 셰익스피어는 극의 세계에 빠져든 관객들이 현실과 연극, 연극과 현실의 경계를 구분하지 못하게 한다. 어디까지가 삶의 영 역이고 이성의 영역인지 관객이나 독자는 혼란스러울 따름이다. 책을 읽는 척하며 회랑을 거닐다가 오필리아와 조우한 햄릿은, 폴 로니우스의 의도처럼 배우이기도 하지만 그 연극을 구경하는 관객이기도 하다. 자신을 보여 줌과 동시에 상대를 관찰함으로써 햄릿은 자신의 존재를 감춘 채 상대방을 감시하는 왕의 특권을 위협하며, 그의 광기 역시 이러한 연극적인 이중 장치에 불과하다. 아버지가 지금 어디 계시느냐는 햄릿의 질문에 집 안에 계신다고 거짓으로 답함으로써 오필리아는 그에게 저주와 경멸의 대상이 된다. 가부장제에서 여성의 종속적 위치를 고려할 만한 심적 여유나 지적 성숙함이 햄릿에게는 결여되어 있다. 그녀를 미치게 만든 것은 강요된 거짓으로 인한 양심의 갈등과 성욕의 억압이지만 햄릿은 가부장제의 희생양인 그녀를 탈골된 시대의 결과가 아닌 원인으로만 간주함으로써 모든 문제를 여성의 탓으로 돌리는 것이다.

남성의 욕망에 종속된 여성은 햄릿에게 경멸의 대상이다. 부친 살해의 일차적 원인마저 모친의 부정한 성적 욕망에서 찾는 그의 눈에는, 아버지 폴로니우스의 정치적 욕망에 철저히 종속된 오필리아 역시 거짓과 부정의 상징일 뿐이다. 이런 여성이 결혼해 아이를 낳는다는 것 자체가 세상을 더욱 더럽힐 뿐이라고 생각하기 때문에 햄릿은 결혼이라는 제도를 거부한다. 유령과의 만남 이후 그는 세상에 순수한 사랑이 존재할 수 있다는 사실을 인정하지 않는다. 비록 레어티즈를 용서하는 극의 마지막에 이르러 부분적으로 사랑의 힘을 회복하기는 하지만 그것이 온전한 것은 아니다. 인간의 성욕, 그것도 여성의 성욕에 대한 지나친 거부 반응은 그의 병적인 상상력에 기인한다. 그는 여성이 성욕을 갖거나 표현하는 것을 동물적 차원으로의 전락으로, 여성이 남편을 따라 죽거나 수절하지 않고 재혼하는 것을 간음으로 치부하는데, 이는 그가 얼마나 철저히 가부장적 사고의 영향 아래 있는지를 증명하는 것이다. 햄릿은 기존 질서의 와해와 그 질서로부터의 일탈을 여성, 그것도 성적인 의미의 여성 탓으로 돌린다. 극에 등장하는 두 명의 여성, 거트루드와 오필리아가 제거된 연후에야 비로소 포틴브라스에 의해 새 시대가 열리는 것도 햄릿의 관점에서는 우연이 아니다.

햄릿 집안의 이야기와 폴로니우스 집안의 이야기가 중심 플롯과 주변 플롯을 형성하면서 교차적으로 사건을 이끄는 동안, 노르웨이의 포틴브라스 왕자의 이야기는 멀리서 이들을 비추는 제3의 이야기를 형성해 나간다. 〈포틴브라스〉라는 이름은 강한 어깨라는 뜻으로, 그 의미처럼 야심 많은 군인인 그는 레어티즈와 마찬가지로 행동력 있는 인물이다. 포틴브라스는 노르웨이의 국왕인 숙부가 노쇠하여 국정을 장악하지 못한 틈을 타서 병력을 소집하고 덴마크와의 전쟁을 준비한다. 그는 군인으로서 명예를 존중하며, 군인으로 죽은 햄릿의 장례를 엄숙하게 치르는 이유도 이 명예심에 근거한다.

노르웨이와 덴마크의 전쟁은 단순한 작품 배경 이상의 의미를 지닌다. 포틴브라스 왕자가 덴마크와의 전쟁을 준비하는 이유는 노르웨이의 선왕 포틴브라스가 덴마크의 선왕 햄릿과의 전쟁에서 잃은 땅을 되찾기 위해서이다. 노쇠한 노르웨이 국왕과 조카 포틴브라스의 관계는 현 덴마크 국왕과 조카 햄릿의 관계와 병행하며, 목숨과 영토를 빼앗긴 선왕의 명예를 회복하기 위해 복수를 꿈꾸는 포틴브라스와 살해당한 아버지의 명예를 되찾기 위해 복수를 꾀하는 햄릿은 유사성으로 묶여 있다. 이 작품의 여러 인물들이 복수라는 주제로 얽혀 있는 것이다.

명예를 중시하는 군인으로서 과단성이 있는 포틴브라스는 햄릿에게 일종의 거울 역할을 한다. 햄릿은 복수의 실행을 눈앞에 두고도 끊임없이 주저하고, 일단 결심을 했다가도 금세 회의에 빠져든다. 반면 덴마크를 침략하려던 계획이 노왕에 의해 무산되었음에도 포틴브라스는 좌절하지 않고 폴란드의 실지 회복을 위해 진군한다. 아무 쓸모도 없는 황무지를 얻기 위해 수많은 인명과 재산의 희생을 감수하고 전쟁을 감행하는 것이다. 그에게는 전쟁을 통한 실익보다 명예가 우선하며, 이런 그의 모습은 복수를 주저하면서 기회를 놓치고 있는 햄릿을 독려하기 위해 재등장한 유령처럼 햄릿의 무력함을 반사하는 거울이 된다. 햄릿은 포틴브라스를 통해 아무리 하찮을지라도 명예와 관련된 것이라면 목숨을 다해 싸울 가치가 있다는 사실을 깨닫는다. 햄릿이 죽어 가면서 포틴브라스를 덴마크의 왕위 계승자로 지목한 것도 그의 이런 장점을 높이 샀기 때문이다. 학자로 무대에 등장했던 햄릿은 군인으로 죽는다. 따라 죽겠다는 호레이쇼를 만류하며 햄릿이 마지막으로 부탁하는 것은, 자신의 죽음을 둘러싼 이야기를 세상에 바로 전해서 명예를 지켜 달라는 것이다. 이 마지막 순간에, 묘지에서 유년 시절 그를 등에 태우고 놀아 주던 궁정 광대 요릭의 해골을 발견하고 알렉산더 대왕도 죽으면 한 줌 흙으로 변해 술통 마개나 되는 법이라며 자조하던 염세적이고 자포자기적인 햄릿은 존재하지 않는다. 이처럼 비관과 죽음 사이에마저 삶에 대한 긍정적인 가치가 삽입되어 있는 까닭에, 「햄릿」은 시체들이 무대 위에 즐비하게 널려 있는 참혹한 결말에 이르러서도 「리어 왕」처럼 부조리하고 염세적인 끝을 보이지는 않는다. 비록 노르웨이와 합병됨으로써 국가적 고유성을 잃지만 덴마크는 새로운 왕국으로 거듭나고, 이 왕국은 명예를 존중하며 행동하는 인물에 의해서 통치될 것이다.

4.

「햄릿」은 세 집안의 이야기가 정교하게 얽혀 있는, 바로크식 정원 같은 작품이다. 이 작품을 읽는 것은 거울의 방에 들어가는 것과 같다. 이곳에서는 바라봄과 보임이 동시적인 현상이다. 대상을 바라보고 있다고 생각하는 순간, 이미 다른 응시의 대상이 되어 있다. 마치 쫓고 쫓기는 놀이처럼 범인은 탐정이 되고 탐정은 범인이 되는 뒤바꿈이 빈번한 작품 속에서, 일과 놀이의 경계는 허물어지고 이승과 저승의 구분은 사라지며 삶의 영역은 죽음 이후의 세계로 확장된다. 햄릿의 독백처럼 죽은 후에도 우리의 불멸하는 영혼이 꿈을 꾸고 그 꿈이 바로 이 현실의 반영이라면, 죽음은 삶과의 이별이 아니라 삶의 연장이거나 재생이라 할 만하다. 허구와 실재가 맞물려 돌아가는 이 작품의 미로 속에서 우리는 햄릿처럼 당당히 〈나는 덴마크 사람 햄릿이다〉라고 말하지 못한다. 리어왕처럼 광야에서 헐벗은 영혼으로 폭풍우에 맞서며 〈내가 누구인지 말할 수 있는 자는 누구인가?〉라고 외칠 수 있을 뿐이다. 햄릿, 그 영원한 모나리자.

번역의 대본으로는 해럴드 젠킨스Harold Jenkins가 편집한 아든판Arden Shakespeare과 로마 길Roma Gill이 편집한 옥스퍼

드판Oxford School Shakespeare을 주로 참고했다. 그러나 주석의 상이함 때문에 번역의 정확도를 높이기 위해 경우에 따라서는 기존의 주석본들을 참고했다.

박우수

윌리엄 셰익스피어 연보

1558년 엘리자베스 1세 등극.

1564년 출생 영국 스트랫퍼드어폰에이번에서 부유한 상인인 존 셰익스피어John Shakespeare와 메리 아든Mary Arden의 셋째 아이이자 장남으로 윌리엄 셰익스피어William Shakespeare 태어남. 4월 26일 세례를 받음. 동료 작가 크리스토퍼 말로Christopher Marlowe도 이해에 태어남.

1573년 9세 후에 사우샘프턴 백작Earl of Southampton이 되어 셰익스피어를 후원하게 되는 헨리 리즐리Henry Wriothesley 태어남.

1576년 12세 영국 최초의 공공 극장인 〈씨어터 극장The Theatre〉이 건립됨.

1582년 18세 여덟 살 연상인 앤 해서웨이Anne Hathaway와 결혼.

1583년 19세 장녀 수잔나Susana 태어남. 5월 26일 세례를 받음.

1585년 21세 쌍둥이 아들 햄닛Hamnet과 딸 주디스Judith 태어남.

1587년 23세 영국으로 망명 와 있던 스코틀랜드의 메리 여왕Mary Stuart이 반란 혐의로 처형됨.

1588년 24세 프랜시스 드레이크 경Sir Francis Drake이 스페인의 무적함대인 아마다호Armada를 무찌름.

1589년 25세 「헨리 6세Henry VI」 제1부 집필.

1590~1591년 26~27세 「헨리 6세」 제2부와 제3부 집필.

1592년 28세 극작가 로버트 그린Robert Greene이 〈많은 후회로 얻은 서푼 짜리 기지*A Groatsworth of Wit bought with a Million of Repentance*〉라는 제목의 팸플릿에서 셰익스피어의 유명세를 비난함. 런던에 흑사병이 창궐하여 7월부터 1594년 6월까지 극장 폐쇄. 극단들은 지방 순회공연을 다님. 「리처드 3세Richard III」, 시집 『비너스와 아도니스*Venus and Adonis*』, 「실수 희극The Comedy of Errors」 집필.

1593년 29세 후원자인 사우샘프턴 백작에게 헌정한 『비너스와 아도니스』 출간. 「타이터스 앤드로니커스Titus Andronicus」, 「말괄량이 길들이기The Taming of the Shrew」 집필.

1594년 30세 시집 『루크리스의 겁탈*The Rape of Lucrece*』 출간, 역시 사우샘프턴 백작에게 헌정함. 「베로나의 두 신사Two Gentlemen of Verona」, 「사랑의 헛수고Lover's Labour's Lost」, 「존 왕King John」 집필. 여왕의 전의(典醫)인 로페즈Roderigo Lopez가 여왕 독살 혐의로 처형됨. 〈궁내 장관 극단The Chamberlain's Men〉이 창설됨.

1595년 31세 「리처드 2세Richard II」, 「로미오와 줄리엣Romeo and Juliet」, 「한여름 밤의 꿈A Midsummer Night's Dream」 집필.

1596년 32세 아버지 존 셰익스피어가 문장(紋章) 사용을 허가받아 〈신사〉로 서명할 수 있게 됨. 아들 햄닛이 사망함. 「베니스의 상인The Merchant of Venice」과 「헨리 4세Henry IV」 제1부 집필.

1597년 33세 스트랫퍼드의 대저택 뉴플레이스를 매입함. 「윈저의 즐거운 아낙네들Merry Wives of Windsor」 집필. 〈글로브 극장The Globe〉 설립.

1598년 34세 「헨리 4세」 제2부, 「헛소동Much Ado About Nothing」 집필.

1599년 35세 「헨리 5세Henry V」, 「줄리어스 시저Julius Caesar」, 「좋으실 대로As You Like It」 집필. 에섹스 백작The Earl of Essex이 아일랜드 평정에 실패한 후 여왕의 명에 반하여 귀국했다가 연금됨. 풍자물 출판 금지령이 선포됨.

1600년 [36세] 「햄릿Hamlet」 집필.

1601년 [37세] 1600년에 석방된 에섹스 백작이 쿠데타를 일으키기 전날 밤 「리처드 2세Richard II」의 공연을 요청함. 쿠데타 후 에섹스 백작은 반란죄로 처형되고 셰익스피어의 후원자인 사우샘프턴 백작도 이 반란에 연루되어 수감됨. 「십이야Twelfth Night」, 「트로일로스와 크레시다Troilus and Cressida」 집필.

1602년 [38세] 「끝이 좋으면 다 좋아All's Well That Ends Well」 집필.

1603년 [39세] 엘리자베스 1세 사망. 스코틀랜드의 제임스 6세가 제임스 1세로 등극하여 스튜어트 왕조 시작. 〈궁내 장관 극단〉의 명칭이 〈왕의 극단 King's Men〉으로 바뀜.

1604년 [40세] 「자에는 자로Measure for Measure」, 「오셀로Othello」 집필.

1605년 [41세] 「리어 왕King Lear」 집필. 11월 5일 제임스 1세의 가톨릭 박해 정책에 항거하여 영국에서 가톨릭교도들이 의사당 지하실에 화약을 묻어 놓고 제임스 1세의 가족과 대신, 의원들을 죽이려 한 이른바 〈화약 음모Gunpowder Plot〉 사건이 발생함.

1606년 [42세] 화약 음모 사건의 주동자인 폭스Guido Fawkes와 예수회 신부 가네트Henry Garnet가 처형됨. 「맥베스Macbeth」, 「안토니와 클레오파트라Anthony and Cleopatra」 집필.

1607년 [43세] 「코리오레이너스Coriolanus」, 「아테네의 타이먼Timon of Athens」, 「페리클레스Pericles」 집필.

1609년 [45세] 「심벌린Cymbelin」 집필. 『소네트집Sonnets』 출간.

1610년 [46세] 「겨울 이야기Winter's Tale」 집필.

1611년 [47세] 「태풍Tempest」 집필.

1612년 [48세] 존 플레처John Fletcher와 함께 「헨리 8세Henry VIII」 집필.

1613년 [49세] 존 플레처와 함께 「고결한 두 친척The Two Noble Kinsmen」

집필. 「헨리 8세」 공연 중 화재로 글로브 극장이 소실됨.

1614년 [50세]　글로브 극장 재개관.

1616년 [52세]　딸 주디스 결혼. 4월 23일 윌리엄 셰익스피어 사망.

1623년　셰익스피어의 아내 앤 해서웨이 사망. 존 헤밍John Heminge과 헨리 콘델Henry Condell에 의해 36개의 극이 수록된 최초의 극전집 『제1이 절판*The First Folio*』 출간.

열린책들 세계문학 154 햄릿

옮긴이 박우수 한국외국어대학교 영어과를 졸업하고 서울대학교 대학원 영어영문학과에서 문학 박사 학위를 받았다. 충북대학교 영어영문학과 교수를 지내고 현재 한국외국어대학교 영어과 교수로 재직 중이다. 지은 책으로 『종교개혁과 르네상스 영문학』, 『수사학과 말의 힘』, 『수사적 인간』 등이 있고, 옮긴 책으로 『포스터스 박사의 비극』, 『수사학의 철학』, 『인문과학의 수사학』(공역), 『베니스의 상인』, 『안티고네』, 『새로운 인생』 등이 있다.

지은이 윌리엄 셰익스피어 **옮긴이** 박우수 **발행인** 홍예빈
발행처 주식회사 열린책들 **주소** 경기도 파주시 문발로 253 파주출판도시
전화 031-955-4000 **팩스** 031-955-4004
홈페이지 www.openbooks.co.kr **이메일** literature@openbooks.co.kr
Copyright (C) 주식회사 열린책들, 2010, *Printed in Korea.*
ISBN 978-89-329-1154-0 04840 **ISBN** 978-89-329-1499-2 (세트)
발행일 2010년 12월 25일 세계문학판 1쇄 2025년 9월 15일 세계문학판 20쇄

이 도서의 국립중앙도서관 출판예정도서목록(CIP)은 서지정보유통지원시스템 홈페이지(http://seoji.nl.go.kr)와 국가자료공동목록시스템(http://www.nl.go.kr/kolisnet)에서 이용하실 수 있습니다.(CIP제어번호 : CIP2010004403)

열린책들 세계문학
Open Books World Literature